엄마 하시겠습니까

엄마 하시겠습니까

김진영 지음

이담북스

프롤로그

생각이 많아지는 밤이면 아기를 재워놓고 모니터 앞에 앉아본다. 그러다 창밖을 내다보면 예전보다 집집마다 불빛이 더 밝아졌다. 그런데 나는 더 차갑게 느껴졌다. 오래 전에 해운대 야경을 본 적이 있다. 황홀한 그 불빛에 순식간에 홀려버렸다. 그때는 시간이 지나 세상이 좋아지면 나도 그 불빛의 따뜻함 속으로 들어갈 수 있다고 생각했다. 시간은 정말 세상을 더 좋아지게 했다. 하지만 아직도 저 빛들은 나에게 완전한 따뜻함을 주지는 못했다. 어쩌면 처음부터 그런 따뜻함은 없었던 것일까? 산후 육아 때문에 지쳐서일까? 그런 날엔 떡볶이로 마음을 달래본다.

배달시킨 떡볶이가 도착했다. 그날따라 예정된 배달 시간보다 빨리 와 준 덕분에 더 기분 좋게 식탁에 앉았다. 기다려야 하는 시간이 예상보다 줄어들기만 해도 배달시킨 그 집에 대한 호감이 올라갔다. 그 호감은 음식을 더 맛나게 느끼게 했다. 치즈도 더 넉넉하게 느껴지고 맛도 더 내 입맛에 잘 맞는 느낌이었다. 허겁지겁 먹어대다 배가 불러올 때쯤 남아있는 양을 확인하니 아직도 얼마줄지 않았다. 양도 너무 많다며 그렇다고 버리기엔 아까웠다. 그러면서 남아있는 떡볶이를 보관하기로 했다. 그러면서 큰딸아이에게 물었다.

"너는 먹다 남은 거 다시 먹고 싶지 않지? 나도 그랬는데…."
"엄마 그럼 그냥 버리지…."
"그런데 내가 엄마가 되고 살림을 사니까 억지로는 안 먹으려고 하는데도 정말 아깝더라고,
그러다 보니 결국은 내가 먹게 되더라고."

알 듯 말 듯한 표정으로 딸아이는 나를 쳐다보았다. 아랑곳하지 않고 정리를 해나갔다. 내가 엄마라서 그렇게 마음이 생겨난 것인지 원래 나라는 사람이 그런 사람인지 나도 모르게 나는 그런 엄마가 되어있었다.

"엄마 하시겠습니까?"

"……."

머뭇거리며 할 말이 없는 상태. 지금 엄마인 내가 답할 수 있는 최상의 표현 같다. 이 말 줄임표는 할 말을 줄였을 때, 말이 없음을 나타낼 때, 주저하여 머뭇거릴 때 쓰는 문장부호이다. 이 물음에 선뜻 네 의지로 엄마가 되는 것을 선택하라고 하면 나는 멈칫할 것 같기 때문이다. 그런데도 지금은 엄마다. 내가 엄마로 사는 것은 좋아서가 아니었다. 좋았던 때도 있었지만 때때로 힘들어 싫을 때가 더 많았다. 이 세상에 좋기만 한 것은 없다지만 되레 좋지 않은 것이 더 많다고 생각해서인지 아이를 낳지 않는 것을 보면 내 감정도 별수 없다. 이제 엄마 자리는 꺼리는 자리가 되고 있다. 아이를 낳고 기르는 동안 감당할 수 없다고 그래서 힘이 많이 들겠다고 생각한다. 실제 육아의 실상도 행복의 발판이 되는 이상적인 모습이 아니다. 그저 일상과 나의 정체성이 뒤흔들리는 것이 육아가 얼마나 허상과도 같은 것인지 육아를 하면서 절감하게 된다. 그래서 현실에서 육아는 엄마에게 그저 끔찍한 경험 그 이상도 이하도 아닌 희망과 성공의 전조 같은 것은 찾아볼 수가 없다. 그래도 나는 엄마라는 이름표를 떼고 싶지는 않다. 그래서 16년 만에 늦둥이도 낳을 수 있었다. 큰딸아이가 고등학생이 될 무렵이었다. 아이를 너무 좋아해서? 육아를 잘하고 적성이 맞아서? 다른 것은 할 줄 몰라서? 어쩜 다 맞을 수도 있겠다. 하지만 내 머리는 하나도 나랑 어울리지도 맞지도 않다고 말한다. 그런데 어떻게 그렇게 할 수 있냐고? 그러게 말이다.

현실에서 느끼는 절망이 클수록 탈출하려는 욕망도 커진다. 하지만 절망 속에서 우아함을 갖기란 쉽지 않다. 그런데 나는 절대로 우아함을 잃고 싶지는 않다. 그저 그렇다는 것이 예민하게도 싫기 때문이다. 그래서 애초부터 나에게 절망이란 감정은 들어오지 못한다. 이것이 내가 절대 아무렇지 않게 늦둥이 소식에 망설임 없이 낳을 수 있었던 이유이다.

　공학박사로 대학 강단에 섰으며 지방의회 의원으로 정치에도 몸담았지만 이 모든 것이 바로 엄마 자리로 돌아오기 위한 과정이었는지 모르겠다고 말했다. 나의 이야기를 스스로 하기 전에는 그냥 평범한 아기 엄마의 산후우울증 극복 혹은 육아 분투기 정도의 눈빛을 보내다 정작 내 이야기를 풀어 놓으면 듣는 이들의 변하는 시선이 느껴졌다. 다 놓아버리고 태연하게 이야기하는 것이 신기할 정도라고 했다. 그 말을 듣는 순간 세상에 아이 놓고 엄마들의 경력단절과 육아의 고충을 하소연하는데 나도 별수 없었다. 하지만 아이를 낳고 나를 멈춰야 하는 순간이 상실을 의미하지 않는다. 그래서 이 책을 쓰기 시작했다. 하지만 내가 생각했던 것보다 훨씬 어렵고 어려운 작업이었다. 육아를 하면서 무언가를 한다는 것은 절대 집중의 여유가 부족했다. 그러다 보니 내가 도대체 무슨 이야기를 쓰려고 했는지, 글을 쓰는 목적이 무엇이었는지 아예 손을 놓고 싶은 지경에까지 이르게 되었다. 하지만 그만둘 수 없었던 것은 지난 시절의 후회들 때문이었다. 특히 첫째를 키우면서 후회되는 것들은 하지 않은 것들이었다. 지난 시절로 돌아가더라도 분명 무언가는 했을 것이고 또 다른 후회들은 남을 것이기 때문이다. 그래서 써지지 않더라도, 쓰면서 생각만 흩어지더라도 멈추지만은 않았다. 그런 순간은 지나가기 마련이다. 지금 와서 생각해보니 그 순간순간을 견딜 수 있었던 것은 무엇일까? 내가 엄마이기 때문이었다. 내일이 어떨지는 나도 잘 모른다. 새로운 실패가 기다릴지도 모르지만 날 믿고 필요로 하는 아이들이 있는 이상 난 더없이 운 좋은 사람이다.

목차

제5장 두 번째 복귀를 위해
기회가 없으면 스스로 만들어라

제1장

엄마가 되면 보이는 것들

엄마의 의미

|

43살에 가진 늦둥이

"으악~~~"

내 아랫도리 밑으로 굵은 무언가가 훅하고 들어왔다. 나의
외마디 비명과 함께 찰나의 끔찍한 고통이 왔다. 고통의 여운
은 사람을 두렵게 만들었다. 내진이라지만 의사의 손이 아랫
도리로 들어오는 것은 참으로 참기 힘들다. 출산이 임박한 막
달이라 각오는 했지만 놀라고 아파 원망 가득한 마음으로 의
사에게 따지고 싶었다. 커튼 뒤에서 옷을 주섬주섬 갈아입으
며 무슨 말로 시작할지 생각했다. 시작할 말이 떠오르지 않아
겁먹은 마음은 감추고 잔뜩 억울한 표정으로 커튼 밖으로 나
왔다. 의사는 다 안다는 듯이 태연하게 내진으로 양수를 터뜨
렸다고 했다. 바로 입원하고 아기를 낳자고 했다.

"네?"

"……."

"아… 네…!"

아뿔싸! 왜 말도 없이 그렇게 내진을 하냐고 따지고 싶었던 마음은 놀란 마음 뒤에 숨어 버렸다. 곧바로 아이를 낳을 준비를 하라는 말에 마음의 준비가 덜 되어 있었다. 다 안다고 생각했는데 아무렇지 않아야 했는데 이내 출산의 두려운 마음이 올라왔다. 대책 없이 출산이 급해졌다. 베테랑 의사는 첫 출산을 해봤으니 다 알지 않느냐는 듯이 쿨한 눈빛으로 웃었다. 동의도 없이 양수를 터뜨린 것을 따져야 되는데 출산을 해야 되니 그럴 수가 없었다. 진료실 문을 나서며 아까 그 내진의 고통이 떠올랐다. 여자들에게 내진이란 어쩔 수 없는 검진이지만 두렵고 무서운 출산의 고통에 대한 예고편이라도 되는 듯했다. 찝찝한 감정을 떨쳐내기도 전에 내 다리 사이에 뭔가 따뜻한 기운이 흘러내렸다. 아까 터뜨린 양수가 나오고 있었다.

입원복으로 갈아입고 진통이 오기를 기다렸다. 출산의 시작 신호를 잡아내야 했다. 별 반응이 없자 초조했던 마음은 밤이 깊어도 계속되었다. 양수는 터졌는데도 진통의 기미가 보이지 않았다. 자궁문이 얼마나 열렸는지 다시 내진을 해야 했다. 간호사의 내진에도 무섭고 두려운 기분이 올라왔다. 훅하고는 간호사는 모든 것을 알고 있다는 듯이 친절하게 아직 멀었다고 했다. 그러면서 내진으로 진통을 유도할 것이라고 했다. 내진의 고통이 섬뜩하게 남아있고 진통의 무서움이 겁나게 예상되자 분만 대기실이 공기가 냉정하리만큼 차갑게 느껴졌다. 홀로 나는 그 고통을 기다리는 지옥문 앞에 서 있어야 했다. 뭔가 다시 훅하는 것이 아랫도리를 통해 마구잡이로 휘몰아쳤다. 비명이 소리 없는 아우성으로 변할 만큼 고통이 몸 전체를 감쌌다.

끔찍한 두 번의 내진으로도 진통은 유도되지 않았다. 비록 노산이었지만 첫째 아이 때와 마찬가지로 나는 자연분만에 자신이 있었다. 하지만 출산은 자신감으로 하는 것이 아니었다. 세 번째 분만실로 불려갈 때는 무통분만을 위해 핸드폰 폴더처럼 웅크려 척추에 주삿바늘을 꽂아야 했다. 산통을 덜기 위해 주삿바늘을 꽂는 고통쯤은 참아야 했다. 다가올 산통을 상상하며 또다시 내진을 해서 내 몸을 휘젓는 생각을 하니 몸서리가 쳐졌다. 또 그 순간을 오롯이 나 혼자 감당하고 있다는 두려움마저 더해지자 도망가고 싶어졌다. 나는 제왕절개를 하겠다고 소리쳤다. 놀란 간호사는 두 번이나 나를 잡고 확인했다.

그래도 두려움은 끝나지 않았다. 아랫도리를 면도해야 하는 내 몸은 널브러져 있는 느낌이었다. 차가운 수술실에서 흘러나오는 따뜻한 음악 소리에 필사적으로 매달려야 견딜 것 같았다. 눌러도 느낌이 없다는 것을 확인시켜 주자 아랫도리가 마취된 것을 알았다. 칼로 배를 가른다고 했지만 괜찮은 것 같았다. 대신 혼자인 것이 외로움으로 더 무섭게 엄습해 왔다.

"2.67kg 사내아이예요. 아기가 아주 작아요. 작게 낳아 크게 키우면 돼요."

의사에게 건네받은 아기는 간호사가 한 손으로 등이 움켜쥘 수 있을 정도로 앙상했다. 등이 잡힌 채 팔다리를 허공으로 뻗치며 내 눈앞에 다가왔다. '진짜 잘 키우세요.~' 라는 말이 수술실 허공을 가득 채우는 배경음악처럼 들리는 듯했다. 그 순간 나도 모르게 눈물이 흘렀다. 간호사는 그런 나를 보며 누워있는 내 얼굴 가까이 다가와 속삭였다.

"축하해요. 벅차죠. 울지 마세요. 잘하셨어요. 이제 좀 주무세요."

오롯이 혼자인 나에게 가장 따뜻한 말처럼 들렸다. 그리고 나는 순식간에 깊은 잠이 들었다. 혼란스럽고 눈물 나고 그렇게 또다시 모든 것이 처음이었다.

기적이 일어나면 그냥 좋을 것으로 생각했다. 기적도 기적 나름이라고 늦둥이를 기적처럼 보게 될 줄은 진짜 이런 것이 기적인가 싶었다. 기적을 대하는 삶의 태도에는 두 가지가 있다. 기적은 절대 일어나지 않는다고 믿는 삶과 모든 것이 기적 같다고 믿는 태도이다. 나는 절대 기적은 일어나지 않는다고 믿는 쪽이었다. 그래서 그 흔한 로또 한번 제 손으로 사는 것도 기적을 바라는 것 같아 싫어했을 정도였다. 그런데 기적이 일어났다. 나에게 늦둥이는 그야말로 기적이었다. 내가 더 잘해서, 내가 더 좋은 사람이어서 온 것은 아니었다. 그것은 그냥 갑자기 찾아왔다. 그래서 태명이 '갑자기'였을 만큼 갑자기 생긴 일은 기적이라고 받아들이는 것 외에 달리 도리가 없었다. 내 삶에도 몇 번의 기적과 같은 순간은 있었다. 하지만 그것은 기적같이 만들기 위해 나를 아낌없이 쏟아 부어 최선이 만들어 낸 것이었다. 하지만 진짜 기적을 보고서는 삶은 모두 기적 같다고 믿게 되었다. 그래서 그저 겸손해져서 겸허히 받아들이고 벅차게 해내야 했다.

그렇게 기적같이 16년 만에 둘째 아이를 가지고 기쁘고 어이없고 놀랐지만 순순히 낳았다. 첫아이를 만날 때만큼 설렜지만 계획했던 상황이 아니었기에 기쁨보다는 놀라움과 걱정이 앞서기 시작했다. 두려움은 이보다 더 컸다. 초음파 화면으로 아기 심장 뛰는 소리를 귀로 듣고도 믿기지 않았다. 내 몸이지만 내 몸이 아닌 것 같은 화면이었다. 어안이 벙벙하다는 표현으로도 모자랐다. 한동안 몸이 좋지 않아 무슨 병일까 하던 걱정이 바로 임신이었다. 기적을 보고 놀란 나보다 중년의 여의사가 더 기뻐했다. 자신도 이만큼 나이가 차이 나는 늦둥이 동생이 있다고, 그래서 지금은 아주 좋다고 했다. 무슨 말을 하는지, 왜 나한테 그런 말을 하는지 그때는 이해가 되지 않았다. 지금에 와서야 좋다는 말이 조금 이해가 가지만, 그때는 아무것도 들리지 않았다. 그렇게 병원에서 나와 집으로 돌아가는 길에서도 기적을 의심하고 있었다. 갑작스럽고 준비가 안 된 상황에서 내가 할 수 있는 것은 '아무렴 어때'라는 생각이었다. 그러고는 '나중에 다시 차분하게 생각해야지' 하고 마음먹었다. 그런데 도무지 생각이 더 나아가지 않았다.

어떻게 하지? 나에게 어떤 세상이 기다리는 것일까? 과연 나와 아이에게 행복한 미래가 기다릴까? 아이가 스무 살이면 나는 도대체 몇 살이지? 그렇게 오만가지 불안이 꼬리에 꼬리를 물면서도 동시에 마음 한편에 알 수 없는 기대도 커갔다. 첫째 아이 때를 열심히 떠올려보았지만 육아의 힘든 것이 도무지 생각이 나질 않았다. 그저 16살 지금의 성장한 모습으로 쏜살같이 생각이 닿았다. 이런 것이 '모성애로 인한 망각이란 것이구나' 하고 깨달았다. 이상하게도 출산의 고통과 육아의 힘든 노동이 전혀 생각나지 않았다. 지금 낳아도 금방 첫째 아이만큼 클 것이란 생각이 강력하게 들었다. '아, 맞다! 아이 금방 큰다'라는 생각으로 최면이 걸린 것이다. '나는 늦둥이를 낳아도 완벽하게 다시 원래의 상태로 빠르게 돌아갈 것이다' 라는 착각도 함께 말이다.

기적처럼 갑자기 찾아온 아이였기 때문에 태명을 '갑자기' 라고 지었다. 준비 없이 갑자기 찾아온 늦둥이 임신을 알게 된 이후부터 실없이 웃음이 새어 나왔다. 왜 그런지 자꾸만 입가에 웃음꽃이 피어났다. 골치 아픈 것은 저절로 생각이 나 지 않았다. 웃다 보니 기분은 좋아졌다. 처음 기적을 만났을 때는 기적을 의심하느라 기뻐할 틈이 없었다. 그 생각에 닿 자, 더 큰 웃음을 소리 내서 웃었다. 임신 호르몬 작용인지 영문을 알 수 없는 기분 좋은 기운 때문인지 아이가 잘 자랄 것 같았다. 하지만 나의 위대한 반전은 이제부터 시작되고 있 었다.

태교는 특별한 것이 아니다. 엄마의 마음이 가장 편안하고 행복한 것이 가장 최상의 태교다. 거기에 나는 대학생들을 가 르치기 위해 강의를 준비하는 것까지 저절로 태교가 될 것 같 아 최상의 상태였다. 첫아이를 임신했을 때는 대학원을 다니며 석사 논문을 쓰고 있었다. 컴퓨터 화면만 쳐다보고 있으면 속이 메스꺼웠던 기억이 지금도 나를 울렁이게 한다. 그래도 공부를 하고 있다는 것이 태교에는 그저 좋을 것이라는 생각이 들었다. 늦둥이 때도 그런 마음은 마찬가지였다. 강의를 준비하는 내내 공부를 하고 있다는 안도감이 내 마음을 그렇게 안정되게 만들어주는 최상의 태교였다. 또 평소 그림을 동경했던 나는 태교라는 핑계로 붓을 다시 잡았다. 단언컨대 그림에 소질은 없었지만 없는 소질만큼 그림이 좋았다. 특히 색을 칠하는 동안 그 몰입이 나를 어디로 데려다 놓은 듯했다. 좋아하는 것을 계속하는 것도 태교였다.

호랑이,까치,소나무: 호랑이 담배 피던 시절을 재해석하여 요즘은 골프를 치는 호랑이에게 아부를 하는 까치와 토끼를 희화화함.

마침 지역미술대전이 있어 출품을 목표로 100호 그림을 시도했다. 가로길이가 130센티가 넘고 세로길이가 160센티가 넘는 내 품에 안기질 않을 큰 사이즈였다. 없는 소질을 그림을 좋아하는 마음으로도 만회할 수가 없어서 크기의 힘으로나마 빌려보려고 선택한 것이다. 그리고 그 선택에 한 몫은 태교라서 큰 가르침이라도 주고 싶은 엄마의 마음

크기와도 통했다. 크기만큼 그림에 매달릴 수밖에 없었다. 점점 불러오던 배가 탁자에서 내 손을 뻗어도 닿지 않을 정도가 되어서도 그림을 완성 하지 못했다. 사실 작품의 완성도보다 붓 칠을 하면서 몰입하는 그 시간이 나에게는 완벽한 태교 자체였다. 그림을 그리고 돌아가는 행복한 발걸음은 통통 불러오는 배만큼 통통 부어왔다. 그리고 출산의 시간 동안 그림은 혼자 숙성의 시간을 견디고 떡하니 장려라는 입상으로 딱지가 붙어 돌아왔다. 엄마의 모자란 그림 솜씨는 태아의 태중 자질이 보태어진 것이 틀림없었다.

드디어 늦둥이를 낳았다. 늦게 결혼하는 요즘 시대라 출산도 늦어지고 있다지만 43살에 출산은 흔한 일은 아니었다. 그래서 주변 사람들의 축하도 받았지만 놀람의 감탄도 그만큼 받아야 했다. 출산하고 산후조리원에서 퇴소하기까지 나보다 나이가 많은 사람은 없었다. 내가 생각했던 것보다 훨씬 내가 노산인 것을 깨달았다. '그래서 그게 뭐! 내가 또 무슨 일을 한 거지?' 라는 생각이 들었다.

기적의 임신과 가혹한 출산이 지나고 이 나이에 다시 육아할 생각에 또 걱정이 저만치 앞섰다. 다시 하면 잘할 줄 알았는데, 다시 해도 육아는 참 별수 없었다. 하지만 한번 키워봤다고 육아가 나를 얼마나 괴롭히고 나를 괴물스럽게 만드는지에 대한 고민은 조금 덜었다. 육아는 아이만 기르는 것이 아니다. 물론 육아하는 동안에는 힘이 들어서 그런 생각까지는 하기도 힘들다. 더욱이 첫 아이를 기른다는 것은 그것 자체만으로 벅차고 놀라운 일이라 눈앞에 사달 난 것을 처리하기 급급하다. 조금은 지나면 알 수 있다. 저절로 알게 된다는 것은 거짓말이다. 자신도 알려고 해야 한다. 그러면 육아를 통해 육아 너머, 엄마 너머의 세상을 알 수 있다.

육아는 엄마가 여자 너머의 세상을 보기 위한 터널이다. 그래서 엄마는 알 수 없는 너머의 세상을 살아갈 사람이다. 그렇게 엄마가 되면 보이지 않는 너머의 많은 세상을 볼 수 있다. 나는 결코 엄마가 아니면 볼 수 없는 많은 것들이 존재한다고 생각한다. 누군가의 안전을 위해 만들어놓은 길가의 블록도 아기에는 걸림돌이 될 수 있다. 아무렇지 않았던 심지어 예쁘기만 했던 틈새가 아이에게는 위험한 곳이 되기도 했다. 그렇게 아무렇지 않은 것들이, 심지어 잊어버리고 있었던 것들이 아기 눈높이로 세상을 다시 보게 하였다. 그래서 엄마가 되고 나면 지켜야 할 것이, 지키고 싶은 것이 많아지게 된다.

엄마는 사람의 시작을 준비하는 사람이다. 그래서 엄마가 되면 꿈꾸지 않았던 꿈도 꾸게 된다. 첫째 아이가 이뤄갈 꿈의 시작과 늦둥이가 씩씩하게 찾아낼 꿈의 시작을 지켜보는 꿈이 생겨났다. 동시에 이 아이들이 지켜볼 엄마인 나를 지키는 꿈도 다시 생각하게 되었다. 어쩌면 엄마는 무엇이든 시작할 수 있는 사람이었다 하지만 그 엄마 너머의 세상은 내가 열어야만 갈 수 있는 세상이다.

엄마는 누군가의 그리움이 될 사람이다. 나는 아주 평범하지만 자주 잊힐 엄마가 될 것이다. 그리고 잊을 만하면 나타나 가슴 뭉클하게 만드는 존재일 것이다. 투덜대는 자식의 하소연을 말없이 들어주고 묵묵히 등을 쓰다듬어도 줄 것이다. 누가 뭐라 해도 제일 사랑스럽고 자랑스러운 내 새끼라고 응원도 해 줄 것이다. 그들 인생에서 모든 것이 지워져도 단 하나로 남는 사람일 것이다. 그래서 엄마는 결코 엄마로 끝나지 않을 이야기의 사람이다. 나는 어디에나 있고 어디에도 없는 그런 엄마이다. 하지만 내 인생에서 모든 것이 지워져도 단하나 남는 그런 나는 계속 엄마일 것이다.

2

새벽밥을 먹는 첫째

돌아보니 아이를 기르는 것은 오로지 내가 크는 것과 같았다. 아이가 아니었으면 지금의 내 모습은 없었을 것이다. 날 닮아서 신기하고 날 닮지 않아서 더 신기한 첫째와 늦둥이가 나를 진짜 뻔하지 않은 엄마로 만들어주었다.

18살 큰딸아이를 보면 그만큼 자라온 시간이 기억나지 않는다. 오롯이 내 품에 있었던 시간도 쉽게 잊힐 만큼 짧은 시간이라 여겨졌다. 원래 그 아이는 18살로 태어난 것처럼 보였다. 테이블 위에 놓인 사진만이 과거를 일깨워 주는 듯이 어린 시절이 지나왔음을 상기시켜 주었다. 아이가 자라나는 것을 목격했지만 나와는 판이하게 다른 사람인 것이 진작에 느껴졌다. 내가 모르는 단어를 말하고 심지어 듣도 보도 못한 내가 모르는 음악을 틀기도 했다. 그래서 나는 내 자신이 꼰대의 가능성이 있다고 단호하게 인정했다. 장황하게 내 상황을 설명하는 것부터 시작해서 내가 이런 생각까지 하게 되었다고 말해야 인정받을 수 있다고 여기는 것이 영락없는 꼰대 기질이었다. 그래서 나는 세대 차이를 인정한다.

불안한 지금이 지나고 나면 자유가 올 것이라고 첫째에게 말해주었다. 그래서 첫째는 성적에 대한 불안, 교우관계에 대한 불안, 학교생활에 대한 불안, 이 모두를 더 자유로워지기 위해 감내해내야 한다고 꾸역꾸역 견뎌내고 있다. 사실 살아가는 것이 불안이지만 그것까지 깨달아 버린다면 아마 엄마가 필요 없는 날이 온 것인지도 모르겠다. 이런 첫째를 보면서 그저 잘되기만을 바란다며 내 경험을 버무려 맛깔나게 충고를 했다. 하지만 사실은 나도 그렇게 못한 사람일 뿐이었다. 항상 성공만 할 수는 없겠지, 노력한 만큼 안 되는 일도 생기겠지, 원하지 않는 길에 들어서게도 되겠지, 어쩌면 그런 일은 지금 나조차도 상상하기 싫

큰딸아이를 위한 책가도: 무궁화, 홍익인간, 학으로 큰 뜻을 품고 이뤄내기를 바라는 마음을 담았다.

으니까, 딸에게 이야기조차 꺼내기가 싫다. 그렇게 생각이 닿고 나니 아이를 더 응원하고 안타까워하게 되었다. 내가 안다고 되는 게 아니라 남보다 더 알아야 성적도 받을 수 있고, 나보다 잘하는 친구들을 따라잡아야만 칭찬도 받을 수 있기 때문이다.

원하든 원하지 않든 육아기를 지나면 입시라는 문에 들어서게 된다. 특히 아이가 고등학생이 되면 늦게까지 공부하랴 이른 아침에 등교하랴 아침은 힘이 든다. 그래도 큰딸아이가 어김없이 하루를 시작하는 모습이 그저 대견하다. 그러면서도 먹고 싶은 것은 왜 이리도 많은지 이제 살찔 일만 남았다고 투덜대면서도 꾸역꾸역 아침밥을 먹고 있다. 그 모습을 보고 있자니 시원찮은 오늘 아침 메뉴에 괜스레 미안한 마음이 들기 시작했다. 주방 한편에 붙여 놓은 큰딸아이의 어릴 적 사진 속의 모습이 눈에 들어왔다. 고개를 돌려 식탁 앞에서 반쯤 감긴 눈으로 밥을 먹으며 잠을 깨는 모습과 번갈아 보았다. 그리고는 슬쩍 말을 걸어 보았다.

"이때 엄마가 아침으로 함박스테이크 해줬을 때 잘 먹었지?"
"응, 아주 맛있었지." 밥을 씹으며 대답했다.
"동글 말이 주먹밥도 자주 해줬는데 기억나? 엄마도 그게 편하고, 너도 잘 먹고 해서 말이야~"

시원찮은 아침에 미안함을 털어보려 미안함과 괜찮음 사이에 합의를 찾아보려고 했다. 사실 아이가 느끼기에 아무렇지 않은 것인데, 내 마음속에는 정체를 알 수 없는 죄책감과 알 수 없는 미안함이 가슴에 자리 잡고 있었다.

"음… 그랬던 거 같아. 다 동그랗게 말아주면 동글 말이 주먹밥이잖아."

아이 말이 맞았다. 골고루 잘 먹이고 싶은 엄마의 마음과 한입에 먹고 싶은 아이의 마음이 동글 말이 주먹밥으로 탄생했다.

"기억 잘 안 나지? 그래, 정말 어릴 때는 잘해 줄 필요가 없어. 어차피 잘해 줘도 기억하지도 못하니까. 엄마가 너무 애쓰면 손해야, 엄마 혼자 자기만 힘들어."

아이는 움찔 고개를 들고 내 눈치를 살피기 시작했다.

"엄마 또 시작이다. 그래도 잘해 줘야지. 아기고 어릴 때잖아. 내가 기억 못 해도 다 느꼈다고~" 하면서 엄마가 너무 사랑했음을 후회하는 것을 막아보려 했다.

나의 투정이다. 항상 내가 할 수 있는 최선을 다했지만 아이는 아는지 모르는지 확인하고 싶은 못난 투정이다. 사랑은 준 사람은 또렷이 기억하지만 받은 사람은 준 사람만큼 기억을 못 하는 것이 맞나 보다. 한 번 더 서운해질 뻔한 그때, 우리 집 늦둥이가 누나와 엄마의 수다 소리에 잠이 깬 건지 떠지지 않는 눈으로 식탁 옆으로 비실대며 걸어왔다. "우리 짱이 왔어!" 하며 늘 그랬듯 한 품에 안아주었다. "엄마 안 잘해 줄 거라면서~" 하고 웃으면서 첫째 아이가 말했다. 엄마의 넘치는 사랑을 또 주체하지 못하고 애교 섞인 말투로 '오버'해서 아는 척하는 모습이 첫째 아이 눈에는 흐뭇해 보였나 보다.

16년 만에 동생이 생겼다는 것을 큰딸에게 어떻게 말해야 할지 며칠을 고민했다. 예민한 사춘기 시기이기도 한 것이 더 많은 생각을 하게 했다. 예전에 내가 몸이 좋지 않았을 때 큰 딸아이는 "엄마! 혹시?"라고 운을 뗀 적이 있었다. 단칼에 "엄마 공장은 이제 멈췄다"라고 말한 적이 있었다. 지금 와서 생각하니 세상살이에 절대나 결코 같은 단정을 짓는 단어는 어울리지 않는다. 나는 조심스럽게 "아직도 동생이 있으면 좋겠어?"라고 넌지시 물어보았다. "예전만큼 아닌데 그래도 있으면 좋겠어"라고 말했다. 그런 딸의 눈에 들킨 사람처럼 바로 이실직고를 했다. "믿기지 않지만 너무 기대가 되는데…" 동 그렇게 눈을 뜨고 나를 향해 함박웃음을 지었다.

내가 흠뻑 사랑한 것을 알아주는 첫째 아이가 새삼 고맙다. 그것이 내가 다시 늦둥이 육아를 할 수 있는 원동력이다. 나의 사랑스러운 두 아이는 언젠가 내 품에 안기지 않을 만큼 클 것이다. 모든 부모의 마음이 그렇듯, 빨리 이 시간이 지나

가기만 바라면서 동시에 엄마의 못난 투정도 받아주는 이 시
간에 조금 더 머물러 주었으면 한다.

3

엄마를 보고 싶어 하는
모든 영혼은 외롭다

내 인생은 언제나 오르막 같았다. 어디까지 가야 하는지 모르는데 내리막이면 숨이라도 덜 찰 텐데 헉헉대고 사는 것을 보면 분명 여전히 오르막을 오르는 중이다. 누구나 오르막 인생을 살고 싶어 한다는데 표현이 한참이나 잘못된 것 같다. 아니면 오르는 중이라는 위로라도 받는다고 생각하는 편이 나을 수도 있겠다. 어쨌든 쉬었다 가고 싶은데 숨이 차는 것을 보니 오르막을 또 오르고 있는 것이다. 이쯤 되면 잘 견디던지 아니면 능숙하게 오를 때도 됐는데 딱히 그렇지도 않다. 여전히 나는 숨이 차다. 숨이 차올라 숨쉬기 힘들 만큼 힘든 순간이 오면 왜 제일 먼저 엄마가 생각날까?

나는 내 왼손으로 꼭 아이의 오른손을 잡고 길을 거닌다. 그래서 길을 나서면 아이는 어느새 내 왼쪽에 와서 자신의 손을 내밀며 준비가 되었다고 나를 쳐다본다. 세상이 익숙해지기까지 홀로 나아가기까지 내 왼쪽은 언제나 아이를 위해 내어줄 것이다. 손을 잡고 한참 길을 가다 보면 어느새 내 손을 뿌리치고 쏜살같이 달려간다. 그러다 잠깐 주변을 둘러보고 혼자 있는 자신을 알아차리면 엄마를 보고 싶어 한다. 이내 엄마를 발견하곤 다시 마음 가는 곳으로 발걸음을 옮긴다. 잠시 외로운 혼자가 두려운 순간 엄마가 보고 싶은 것이다.

방학이면 큰딸아이를 데리고 일하러 간 적이 있다. 홀로 있게 될 아이가 외로울까 봐 걱정이 되어서였다. 그런데 어느 순간부터 자신은 혼자 집에 있겠다고 했다. 자기 일이나 공부를 하면서 엄마를 기다리겠다고 걱정하지 말라고 했다. 외롭지 않기 위해 자신이 겪어야 할 어색함과 엄마의 불편함을 아이가 알아버린 것일까? 몇 번을 권유했지만 아이는 완강히 거부했다. 아이가 머리가 커져서이기도 하지만 엄마와 떨어져 있는 외로움의 크기가 견딜 만하다고 느낀 것이다. 그 마음의 견딤이 다 되어 가면 나에게 전화가 온다. 수화기 너머에 "엄마 언제 와요?"가 "저 이제 외로워요"로 들렸다.

나는 일을 할 때 몸은 너무 바빴지만 마음 한편은 늘 외로웠다. 많은 사람들 속에 있는 듯했지만 언제나 혼자 같은 기분이었다. 그런 마음의 잔상은 사람들 속에 있으면 스멀스멀 올라와 혼자 있고 싶게 만들곤 했다. 그리고 혼자가 되면 그 마음의 잔상이 전부인 듯 젖어 들었다. 그런 기분이 들 때 그런 음악은 다 내 얘기 같았다. 그런 내 마음은 누구나 그러한지 그 음악은 꼭 유행을 했다. 나 같은 사람이 넘쳐나고 다들 비슷한 외로움을 안고 산다고 생각했다. 그 후로는 외로움은 어쩌면 당연한 거라 새삼스럽거나 놀라지 않았다. 적어도 내게 외로움은 단짝이다. 저녁 식탁에 마주 앉은 딸과 나는 언제나 외로운 각자를 위로하기에 안성맞춤이었다. 딸이 그런 것을 아는지 모르는지는 중요하지 않았다.

"엄마가 늦게 오면 혼자 외롭지?"
"어… 어떨 때는….." 들킨 마음 때문인지 말꼬리를 흐렸다.
"항상 그런 것은 아니고… 심심하다가 좀 외롭다가….." 먹다 말고 엄마 안색을 살핀다.
"원래 인생은 그런 거야. 후후." 놀란 딸이 눈을 동그랗게 해서 나를 쳐다본다.
"엄마는 사람은 때때로 외롭다고 생각해. 그게 나쁜 감정이거나 하는 게 아니라, 당연한 거여서 왜 그럴까 하고 너무 고민할 문제는 아니라는 거지." 해탈한 말투로 다른 어른처럼 말했다.

"외로워서 보고 싶은 게 아니고 엄마는 언제나 보고 싶어."
딸은 나보다 더 어른스럽게 말했다.

그런데 나를 보고 싶다고 말했는데 나는 자꾸 '외롭다'로
들렸다. 무슨 말인지 아는지 제대로 뜻이 전달되었는지 딸아
이의 속을 또 다 알고 싶은 어리석은 엄마처럼 굴어버렸다.
하지만 나는 누구에게라도 말해주고 싶다. 인생은 원래 외로
운 길이니 외로운 것으로 너무 감정 낭비를 할 필요가 없다는
것을 말이다. 엄마가 언제나 보고 싶은 우리는 어쩌면 너무
외롭기 때문일 것이다.

클럽하우스의 모더레이터로 현진영 씨가 방을 열었다. 클럽
하우스는 음성만을 이용해 이용자들이 관계를 만들어가는 소
셜 네트워크다. 나와 이름이 같아 손을 번쩍하고 반갑게 인사
했다. 그는 아주 친절하고 편하게 아는 체해주었다. 그래서 나
는 부산에서 공연하신 이야기나 특별한 기억에 대한 이야기를
해달라고 했다. 부산은 흐린 기억 속의 그대라는 노래 가사의
초안을 쓴 곳이었다. 그 곡으로 자신이 다시 재기하게 되어서
아주 특별한 곳이라 했다. 중학교 1학년 때 일찍 엄마를 여읜
자신은 엄마에 대한 아련함이 있다고 했다. 그래서 힘이 들
때 저 멀리 바다를 보면서 엄마가 기억났다고 그래서 그런 노
래를 만들게 되었다고 했다. '흐린 기억 속의 그대'는 흐려지

는 엄마에 대한 기억을 노래한 것이었다. '안개비 조명은'이라는 가사로 시작하는 노랫말에 안개비는 부산 해운대 바다의 해무였고 조명은 수평선에 걸쳐있는 오징어 배 불빛이었다. '초라한 나의 모습 변화된 생활 속에 나만의 너는, 너는, 너는 잊혀 간다는~' 것은 엄마를 잃고 방황하는 자신과 커가면서 변화되는 일상에서 엄마의 기억도 흐릿해져 가고 있다는 의미였다. 누구라도 들썩일 정도로 빠른 비트에 몸을 절로 맡기게 되는 곡이었는데 이런 엄마에 대한 아련함이 묻어있었다. 가만히 가사를 되짚어 보고 그 느낌이 전해져 깜짝 놀랐다.

누구에게나 엄마가 있다. 그리고 세상의 모든 엄마에게는 엄마만의 이야기가 있다. 오늘 하루도 가족을 위해 열심히 살아가고 있는 '내 엄마', 혹은 '엄마가 된 나'도 가끔 엄마가 보고 싶고 가끔 외롭고 또 가끔은 그렇다. 내 기억 속에 남아있는 우리 엄마는 참 억척스러운 여자였다. 한순간도 일을 손에 놓아 본 적이 없는 그녀였다. 밤늦은 시간 일을 마치고 집에 와서는 빨래며 청소며 집안일을 했다. 곧 죽어도 밥이 아니면 안 되는 아빠를 위해, 반찬 한두 가지로 밥을 먹지 못하는 자식들을 위해 내일 아침 반찬까지 준비를 했다. 새벽에 자고 새벽에 일어나는 것을 원래 좋아하는 사람인 줄 알았다. 그래서 나는 그녀가 철인인 줄 알았다. 그런 그녀는 빈틈이 생기면 꾸벅꾸벅 앉아서 졸았다. 서너 시간을 자면서 생활하는 그녀는 매일 잠과 싸우고 있었던 것이었다. 그냥 좀 쉬어도 될법한데 대충하라고 말해도 아랑곳하지 않았다. 지금 와서 생각하면 우리 엄마가 외로움을 달래는 것은 쉬지 않고 몸을 움직이는 것이었다. 외로울 틈이 들어오지 못하게 정신없이 살아내는 것이었다. 그런 엄마가 외할머니가 돌아가시고 목놓아 울었다. 내가 엄마에게 하고 싶은 말을 자신의 엄마에게 하고 있었다. 대충 좀 편하게 하고 살지 하면서 말이다. 그러고는 자신이 외할머니에게 해준 진주며 금목걸이며 보석 꾸러미를 보며 더 서럽게 울어댔다. 이제 엄마에게 보고 싶은 엄마는 외로움을 증명하는 존재로 영원히 남게 되었다.

4

참 서툰 사람

난 한참이나 서툰 사람이다. 그렇다고 서투르게 보이고 싶지는 않다. 그래서 알게 모르게 서투르게 보이지 않으려고 무던히도 애를 쓴다. 빨리 능숙하게 잘 해내야 살아남는다고 생각하기 때문이었다. 그렇다고 누구 하나 자신이 서투르다고 말하지 않는다. 딱히 완벽하다고 말하지도 않으면서 말이다. 그렇게 결국 우린 어쩌면 다 서툰 사람인지 모른다.

엄마란 뜻은 자기를 낳아준 여자인 어머니를 격식 없이 부르는 말이다. 나는 딸을 하나 낳아 엄마로 탄생했다. 탄생한 순간부터 아이를 위해 서투른 엄마가 되기 싫어 부단히도 노력했다. 완벽해지기 위해 자신을 갈아 넣기까지 한다. 만질 수도 없을 것 같이 작은 아이를 품에 안고 낑낑대며 처음 목욕을 시킨 날, 나는 말랑한 아이가 부서질 것 같아 신경을 곤두세웠다. 그렇게 참 서툰 손길로 물만 끼얹으면서도 야단법석을 피웠다. 그 아이가 고등학생이 되기까지 그 순간보다 더 조심스러웠던 순간을 다시 느끼기란 쉽지 않았다. 이렇게 서툰 나를 내 딸만은 완벽하게 보고 있었다. 나 역시 세상 완벽할 것 같았던 우리 엄마를 한순간도 서투르게 보지 않은 것처럼, 적어도 내가 아이를 낳기 전까지는 말이다.

그렇게 서툰 엄마는 엄마의 역할이 무엇이고 어디까지인지 잘 모른다. 그저 좋은 엄마가 되고 싶은데 좋은 것이 어떤 것인지조차 기준이 없다. 그래서 그 완벽해 보이던 우리 엄마처럼 살아야 좋은 엄마라 생각하고 그렇게 하지 못하는 자신을 탓하며 자책하게 된다. 하지만 서툰 엄마들은 그 완벽해 보이던 우리 엄마와는 완전히 다른 삶을 살았다. 완벽해 보이는 자신의 엄마보다 고등교육을 받았고 더 다양한 사회생활을 했다. 그러고도 정작 아이를 낳고부터는 다시 똑같은 삶을 살려고 한다. 그래서 일을 하거나 일을 하지 않거나 그게 중요한 게 아니다. 자신이 할 수 있는 엄마의 역할을 자신만의 기준으로 만들어가는 것이 필요하다.

나는 다른 사람은 다 산후우울증을 겪어도, 내가 그 주인공이 될 줄은 꿈에도 몰랐다. 오롯이 아이를 키워본 경험과 비교적 긍정적이고 활발한 성격이어서 우울증과는 거리가 먼 사람이었다. 예전에 산후우울증 관련 끔찍한 이야기를 접할 때면 그런 사건은 나와는 상관이 없다 곱씹으며 '내가 설마 저렇게까지…' 하고 대수롭지 않게 치부했다. 산후우울증을 불러일으키는 요인은 딱 잘라 말할 수 없을 정도로 다양하다. 단순한 호르몬 변화에서부터 육아에 대한 부담과 스트레스는 물론이고, 자신의 정체성에 대한 혼란, 그에 따른 과거의 상처와 자신의 경력단절에 대한 걱정 등이 서로 뒤엉켜 서서히 나타나기 마련이다. 이렇게 산후우울증은 육아에 지칠 대로 지쳐 나약해진 산모의 몸에서부터 깊숙한 마음의 틈까지 파고든다. 나는 조리원을 나와 자신만만하게 베테랑을 자처하며 집으로 돌아왔지만 씩씩한 그런 엄마는 진작 없었다. 2시간마다 모유를 먹이고 자다 깨기를 반복하는 신생아를 돌보느라 돌아오는 첫날에 바로 밤을 뜬눈으로 지새우고는 몸을 부르르 떨어야 했다. 그 이후 꼼짝없이 집에만 갇혀 있어야 했다. 휴일도 없고 잠도 제대로 자지도 못하는데 나이까지 있다 보니 체력적인 한계가 금세 바닥을 쳤다. 힘이 달리고 몸이 아프기 시작하니 육아에 대한 두려움과 무력감이 나를 잠식해 갔다. 이렇게 힘들게 평생을 키운다는 생각까지 들자 그 자신만만하던 육아가 너무 새삼스러운 짐처럼 느껴지기 시작했다.

늦둥이와 집에 혼자만 있는 게 점점 두렵고 자신이 없어졌다. 아이가 울기라도 하면 갑자기 가슴이 꽉 막힌 것처럼 막막해지고 식은땀이 날 정도였다. 게다가 우리 집 늦둥이는 쌀에도 알레르기가 있는 것을 모르고 이유식 초기부터 입가를 긁을 때마다 아기 손을 부여잡아야만 했다. 6개월도 되지 않은 아이에게 이런 일이 생기고 병원도 달리 손쓰지 못하자 조급한 마음에 하루가 멀다고 맘 카페와 블로그를 뒤졌다. 아이에게 조금만 문제가 생겨도 다 내 탓같이 느껴져서 견딜 수가 없었다. 그랬던 나는 아이와 돌발 상황이 발생할수록 어느새 나도 극단적인 생각이 불쑥 올라오곤 했다. 퇴근 후 집에 돌아온 남편이 너무 반가워 하루의 일을 하소연하듯이 쏟아냈다. 그러다가 나도 모르게 자신을 한탄하며 가시가 돋친 말을 쏟아내기 시작했다. 남편은 다시 일상처럼 일도 나가고, 밥도 편하게 먹고, 커피도 마시며 사람들과의 관계도 변한 것이 없어 보였다. 똑같이 아기를 낳았는데 나만 또 고생하는 것 같은 억울한 생각마저 들어 몰아세우기도 했다. 한바탕 쏟아내면 시원해야 하는데 왜 나만 이렇게 유별난가 싶어 또 후회가 되었다. 늦둥이 육아를 하면서 나는 스스로 아무것도 아닌 약한 사람이 되어가고 있다는 생각이 들어 견딜 수가 없었다. 출산과 함께 과거의 나는 어디론가 빠져 나가버린 것 같았다. 게다가 '나는 누구인가? 나는 무엇인가? 지금은 어떤 의미인가?'라는 물음이 머리 속을 떠나지 않았다. 사춘기 때나 느끼는 혼란을 산후춘기를 통해 또 느끼게 되었다. 그런 내가 더 힘들었던 것은 주변에서 "늦게 낳아서 어쩜 너무 예쁘지요?", "딸에 아들까지 백 점이 되었네요"라고 늦둥이를 낳을 수 있었던 용기를 감탄 받고 있었기 때문이었다. 그래서 힘든 티를 전혀 내면 안 된다는 강박감마저 들어있었다.

아기가 깨어있으면 그나마 덜하지만 자고 있으면 조급해지는 마음이 파도가 되어 밀려오듯 대신 우울감이 가득 채워졌다. 문득 언제 키우지 하고 막막함마저 밀려들면 이런 저런 감정들로 아기가 잠이 들더라도 나는 제대로 눈을 붙일 수 없었다.

나는 벗어나고 싶었다. 하지만 생각만으로 벗어날 수 있는 상황이 되지 못했다. 달리 참고 견디어 내는 수밖에 없었다. 그런데 시간이 백일쯤 되어가니 서툰 육아가 자리를 잡아가고 있었다. 하지만 첫아이 육아 때처럼 넘치는 의욕도 이내 체력의 한계에 부딪히고 말았다. 나이가 있다 보니 몸이 아프고 힘들어서 아기가 예쁜지도 잘 몰랐다. 서툰 일에도 몸이 적응을 하기 시작했다. 그 무렵 늦둥이가 날 보고 아는 체 하는 것이 느껴졌다. 날 보고 조금씩 웃어주는 아기가 너무 귀엽고 사랑스럽지만 금세 밀려드는 무력감은 쉽게 떨쳐 내지지는 않았다. 어떤 날은 도망가고 싶었고 어떤 날은 아무렇지 않았다. 나는 내가 육아 우울증일 수도 있겠다고 스스로 인정해 버렸다.

나는 감정을 표현하는 데 서툰 사람이다. 그래서 다혈질적인 성격이 된 것일 수 있다. 좋을 땐 너무 좋다고밖에 표현할 줄 모르고 싫을 때는 그저 싫다고 분명하게 말할 뿐이다. 하지만 엄마가 되고부터는 솔직한 속내를 잘 털어놓지 못한다. 나이가 들어서, 남에게 들키면 안 되어서가 아니다. 그것이 몰고 올 크고 작은 파장이 걱정되어서 내가 감당할 만큼만 말할 수 있다. 내가 지켜야 하는 사람들이 나로 인해 또 다른 걱정을 안게 될까 봐 알아버리는 게 싫어서다. 감정 표현에 서툰 내가 낳지 않고 키워보지 않고는 정말 감히 느낄 수 없는 수많은 감정들이 느껴졌다. 특히 나를 괴롭히고 있는 그 우울감도 인정해 버리고 나니 그걸 아무렇지도 않게 견뎌내고 지금의 엄마인 사람들의 모습이 눈에 다시 들어오기 시작했다. 이런 경험을 하고 안 하고는 자신의 몫이겠지만 잘 견디고 이겨낸 엄마들은 그만큼 더 한 단계 성숙하고 완성된 사람인 것 같았다. 그래서 두려웠지만 나를 방관할 수 없었다. 나는 스스로 용기를 내야 했다. 용기는 두려움이 없는 것이 아니라 두려움을 딛고 내는 것이다. 나는 아이도 잘 키우고 다시 멋진 모습으로 돌아갈 것이라고 마음속으로 외치기 시작했다.

5

나를 지켜주는 말

나를 이해하는 수많은 말에 나의 확인이 무수히 놓여 있다. 나의 말을 이해하는 사람이 나타날 때까지 나는 사실 존재하지 않는다는 말이 맞는지도 모르겠다. 그래서 어쩌면 사람은 자신을 규정하기 위해 다른 사람을 필요로 하는지도 모른다. 하나의 완벽한 내가 찾아지면 비로소 자신의 경계가 무너지고 다른 나를 시작할 수 있다.

나는 대박 엄마가 되었다. 제주도에서 부산으로 향하는 비행기에서 일이다. 계속 보채는 늦둥이가 급기야 칭얼거리기 시작했다. 간식을 먹여도 보고 물도 먹여보고 기저귀도 점검하고 할 수 있는 것은 다 해보았다. 그쯤 되면 아이의 뜻을 이해하지 못하는 것 같아서 자괴감이 들기 시작했다. 그런 상황에서 내 속도 모르고 늦둥이는 계속 울음을 터트리고 전혀 멈추지 않았다. 마지막 남은 카드 하나가 안고 일어서는 것이었다. 벨트 사인이 꺼지자마자 나는 우는 늦둥이를 안고 앞쪽 승무원 자리로 가려고 일어섰다. 그 순간에도 엄청난 용기가 필요했다. 이미 울음 때문에 엄마는 더 이상 숨을 곳이 없었다. 통로를 지나가는 사이에 뒤통수가 너무 따갑고 얼굴은 화끈거렸다. 그러면서도 쉬지 않고 두 팔은 계속 늦둥이를 어르는 중이었다. 나를 보는 승무원도 애가 타는 듯했다. 아이는 승무원이 건네는 물도 마다하고 색종이를 건네주어도 관심을 돌릴 수 없었다. 팔이 아파져 올 때쯤 다른 손님들에게 피해가 간다고 생각하니 팔이 강철로 변하는 듯했다. 아픈 팔이 무감각해질 때까지의 시간을 보내고도 한참을 지났다. 야속한 벨트 사인이 다시 켜지고 착륙을 위해 자리로 돌아가야만 했다. 다른 승객들과 눈이 마주칠까 내 자리만 응시하고 가는데도 너무도 멀게 느껴졌다. 하지만 나의 너덜너덜해진 마음을 의자에 반쯤 기대야 견딜 수 있을 것 같았다. 그런데 자리에 앉자마자 또 보채기 시작했다. 해볼 것 다 시도해본 식상한 방법이겠지만 다시 관심을 돌려보려고 노력했다. 착륙하는 동안 내 마음은 이미 너덜거리는 것도 남아 있지 않았다. 나는 아이와 얼른 이곳을 빨리 벗어나야 아이도 나도 무사할 것 같았다. 비행기 통로에 서서 빠져나가야 할 문 쪽을 뚫어지게 응시했다. 그런데 어느 중년 부부의 대화하는 소리가 들렸다.

"아기가 많이 갑갑했나 봐. 우리도 갑갑하고 마스크도 쓰고 있는데…" 그 말이 들리자 나는 자동으로 "죄송합니다"라는 말이 튀어나와 버렸다. 그런데 눈을 마주칠 수 있는 용기까지는 나지 않았다. "아이도 많이 낳지 않는 시대에… 보배를 우리가 참아 줘야지요"라며 "아이가 더 힘들었을 텐데"라고 하신다. 정말 미안하고 몸 둘 바를 몰랐다. 다시 비행기에서 리무진 버스로 공항까지 가는 동안 버스 안의 사람들이 '울던 그 아기' 하면서 한 번씩 눈길을 주는 것처럼 느껴졌다. 아랑곳하지 않을 만큼의 여유도 내게는 남아 있지 않았다. 리무진에서 내려 공항 출구로 향하는데 또 다른 중년여성과 옆을 같이 걷게 되었다.

"어구, 아가야! 힘들었지. 우쭈쭈" 나란히 내 걸음 속도에 맞춰 걸으며 말했다. "엄마 고생 많았네" 하며 힘들었을 내 마음을 아는 체 하셨다. 예전 자신의 손자도 함께 태국을 갔다가 비행기에서 얼마나 힘들었는지 모른다는 이야기로 넌지시 위로를 건네셨다. 나도 모르게 "죄송합니다"가 무조건 반사처럼 튀어나왔다. 괜찮다고 별소리를 다한다는 웃음을 띠며 우리 가족을 눈으로 훑어보고는 토끼 눈이 되셨다.

"아들이야? 또 저렇게 크~은 딸이 있고?" 말꼬리가 갑자기 올라가셨다. "대박! 와 대박이네!" 하고 단숨에 감탄사를 쏟아내셨다. 나는 머쓱한 웃음을 머금었다. 앞질러 가시면서도 연신 고개를 뒤로 젖히시고는 엄지손가락까지 치켜세우시며 대박을 또 외치셨다. 나는 그 순간 대박을 친 엄마가 되었다. 비행기 안에서 일로 너덜너덜해진 엄마의 존엄이 한순간 살아났다. 아이도 자기가 대박이어서 그런지, 아니면 갑갑한 비행기에서 내려서인지 기분이 좋아졌다. 지금도 여전히 어리둥절하면서도 대박이란 말이 가슴 속에 콕 박혀버렸다. 이후 힘들었던 그 일은 말끔히 추억이 되었다. 비로소 나는 스스로 다독여줄 마음 한 조각을 채울 수 있었다.

나는 내가 행복하기 위해 도전하는 사람이었다. 과거를 망각하는 것이 나에게 지금의 공부다. 나에게 늦둥이가 위기인가? 기회인가? 또다시 두 갈래의 길에 서 있게 되었다. 첫째를 낳고 경력단절을 극복했던 것은 초심자의 행운이었을지도 모른다. 나는 내 행복이 제일 중요한 사람이었다. 그래서 모든 것의 시작에는 나의 행복이 있었다. "보통의 엄마들은 출산을 하고 육아를 하면서 엄마의 일상을 잃어버리고, 쉽게 돌아오지 못한다고 알고 있습니다. 그래서 지친 엄마들 혹은 나아가 육아를 하는 모든 사람들이 자신의 일상을 찾고 제2의 인생을 시작하기에 위로가 될 수 있는 책이라는 생각에 출간을 제안드리게 되었습니다." 투고에 열을 올리고 있는 나에게 젊은 편집자께서 보내주신 답장이었다. 이 에디터의 글에 사실 나는 무척 행복했다. 처음 내가 책을 써야겠다고 다짐했던 이유는 육아를 하면서도 나를 위한 무언가를 계속하고 싶다는 열망 때문이었다. 그저 평범한 육아의 일상에 의미를 주고 싶었고 그 삶의 의미는 결국 내가 만드는 것이 아닐까 하는 생각이었다. 그런데 나와 비슷한 생각을 하는 사람이 많다는 것이 나도 할 수 있겠다는 원동력이 되었다. 게다가 이런 사람들을 위한 책 쓰기 코치들이 넘쳐나고 성행하고 있었다. 잠시 그런 곳에 등록을 할까 고민을 했다. 그런데 책 쓰기를 위한 학원이라 생각을 하고 학원을 가는 큰딸아이 생각이 문득 났다. 학원을 간다고 다 공부를 잘하는 것도 아니고 그 학원의 수준도 객관적인 검증이 어려울 텐데 새삼 학원은 아닌 것 같았다. 무엇보다 비용이 너무 과했고 공개된 커리큘럼에서 중요한 것은 결국 스스로 글을 써야 한다는 점이었다. 그래서 나는 과감히 스스로 길을 가기로 했다. 사실 나 자신의 행복의 희열을 느끼기 위해 무모하게 투고 제안부터 던진 나였다. 그래놓고 뻔한 불행의 시간을 자책하고 있었던 것이다. 그렇다고 불확실성을 피하려고 행복하지 않는 선택을 할 수는 없었다. 지금 나는 오로지 내 행복을 위해 책 쓰기도 시작했다. 결정적으로 내가 딱 행복했던 순간이 있었다. "대표님은 어떻게 이것도 저것도 막 시작하는 데 망설임이 없어? 특이해? 진짜 내가 본 사람 중에서는요." 이 말이 기분 나쁘게 나를 행복하게 했다. 사실 이 말을 이 책에 담고 싶은 것인지 아니면 이 말을 그토록 내가 듣고 싶었던 것이었는지 모르겠다. 특이할 게 없는 나에게 특이하다는 말로 규정한 것은 기분이 나쁘지만, 적지 않은 인생사에 내가 본 사람 중에 그저 그렇지 않고 독창적으로 보인다는 것에 만큼은 그저 행복했다. 책을 쓰는 유행에 '나도 한번 해봐'라고 생각한 것이 바로 나를 독창적이게 만드는 순간이었다. 그리고 그 시작이 단숨에 나를 행복한 사람으로 만들었다.

대단한 사람보다 그저 내 편인 사람이면 되었다. 여름인데도 시원한 골바람이 내 머리를 스치면 몇 년 전의 나로 데려다주고는 했다. 열심히만 해도 괜찮을 줄 알았던 의정 생활의 일은 잘 해내야만 하는 일들이었다. 내가 잘해보려 어떤 일을 했어도 그 딴짓을 했다고 나를 주저앉히는 사람이 많았다. 의례 정치라는 것이 정치인이라는 이유로 나를 모르는 사람도 비난할 수 있다는 것을 충분히 알고 있었다. 하지만 나를 아는 사람이 자신이 본 것보다 보지 않았던 것을 믿고 등을 돌리는 것은 어찌할 도리가 없었다. 그래도 견뎌낼 수 있었던 것은 내 가슴에 날아온 말 한마디 때문이었다. 그런 일이 생겨서 전화를 했다며 왜 그렇냐고 묻지도 따지지도 않았다. 주절주절 지푸라기라도 잡고 싶어 하는 내 마음이 보이듯이 "그 마음 알아요. 나는 당신 편이에요. 너무 걱정만 하지 말고요 ~"라고 했다. 하고 싶은 그 많은 말들을 나는 입에 머금고만 있었다. 내 편이 있다는 것을 일깨워 준 그 말 한마디에, 내 가슴에 깊게 박힌 아픈 가시로 인한 상처는 더 이상 아픈 줄 몰랐다. 그 이후로 세상은 절대 혼자 살아갈 수 없다고 깨닫게 되었다. 그리고 엄마가 되고 나서는 내가 겪은 것을 내 아이들도 겪을 수 있다고 생각하면 눈물이 날 것 같이 슬프기도 했다. 그래서 유독 내가 싫어하는 내 모습을 큰딸이 쏙 닮아서 미웠고 늦둥이가 닮아갈까 애틋했다. 그래서 그저 나는 유독 힘들고 지친 어느 날에 잘 될거라고 응원해주는 너의 편인 사람이 되기로 마음먹었다.

6

옹알 선생에게 다시 배우는 일상

　세상이 빨리 변하는 만큼 사람이 성장하는 속도도 빨라지는 것 같다. 지금 우리 집 늦둥이 크는 속도가 16년 전 큰아이가 클 때보다 확실히 더 빠르다. 큰아이 친구들의 엄마들과 얘기를 나눌 때면 다시 아이를 키우면 진짜 잘 키울 텐데 하고 말들 한다. 잘 키우는 것이 어떤 것인지는 아직도 잘은 모르겠지만 그래도 잘 키우기 위해서 엄마의 마음 자세는 중요하다. 그중 조바심 내지 않는 것은 반드시 필요하다. 첫아이 때는 그저 애지중지했다. 엄마라면 아이에게 좋은 것만 먹이고, 입히고, 보여주고 싶다. 그런 마음들이 엄마인 나를 그렇게나 힘들게 하고 조바심 나게 했다. 하지만 첫아이를 키우고 난 후 육아하는 지금은 그런 조바심은 적다. 마음에 조금의 여유가 생겼다. 그래서인지 늦둥이가 옹알이로 하는 이야기가 귀에 더 잘 들리는 듯하다.

"끼잉~끄응" 한참을 용쓰는 모습에 나는 안절부절못했다. "조금만 더 해봐~ 힘 좀, 조금 더" 이렇게 응원을 하지만 늦둥이는 힘에 부쳐 보였다. 또 "끼잉~끄응~아앙~으앙~" 지금쯤 마법의 손을 부려 한번 성공하게 해 줄까? 아니다, 스스로 할 때까지 지금의 좌절도 겪게 해줘야 할까? 잠시 고민이 되었다. 조그마한 녀석이 눈앞에서 이리도 낑낑대는데 못 본 척하고 도와주지 않는 것이 죄책감까지 들게 했다. 이런 안쓰러움은 엄마의 마음도 천사와 악마로 나누어 저울질해댔다. 신이 나를 시험에 들게 하는 것이 아니겠지만, 이런 엄마의 마음을 이용해 장난을 치는 것이 분명했다. 오늘은 실패로 마무리되어도 늦둥이에게 괜찮을까 하고 한 번 더 고민에 빠졌다.

"으앙앙앙~~~" 그만 울음을 터뜨리는 늦둥이 앞에서 나는 결정을 해야 될 순간이 왔다. 우는 모습에 안쓰러운 마음이 이기고 말았다. 안 되겠다 싶어 나는 모른 척 제 손으로 한번, 슬쩍, 툭 하고 밀어줬다. 늦둥이도 어리둥절했는지 알 수 없다는 표정으로 이리저리 두리번거렸다. '와 엄마 제가 뒤집은 거 맞나요?' 나와 눈을 마주쳤는데도 아직 믿기지 않는다는 듯 또다시 두리번거렸다. '제가 제 힘으로 온전히 뒤집은 것 맞아요?' 몇 번을 두리번거리다 늦둥이와 다시 마주친 눈맞춤에 나는 머쓱해졌다. 애써 그 눈빛을 모른척하며 "잘 해냈구나" 하는 눈짓을 보내며 씽끗 환호를 보내줬다. 그런데 '이상한데?… 엄마가 축하해주셔도 이상한데요?' 아직 뒤집기의 우렁각시가 엄마인 줄은 모르는 것 같았다. 나는 성취감을 조금 맛봤을까 하며 번쩍 들어 올려 끌어안아 주었다.

그런데 늦둥이도 무언가가 있다는 것을 알아차린 것 같은 몸짓을 보냈다. 나는 또 고민에 빠졌다. 이실직고를 해서 엄마가 우렁각시니 다음에는 그 느낌으로 다시 한번 하면 잘할 거라고 말해주는 것이 좋을까? 하지만 고백이 주저되었다. '내가 살짝 마법 손을 부렸지만 그 성취감은 기억나지 않니? 결국 네가 이룬 거니까'라고 말이다. 오늘은 그런 늦둥이의 몸짓과 나의 두 마음을 그냥 애써 모른 척하고 넘겨버렸다.

다음 날도 늦둥이는 낑낑대기 시작했다. 나는 지켜보고 있었다. 왠지 어제보다는 안쓰러운 마음이 조금 덜했다. 이토록 용을 쓰고 또 시도하는 모습이 신기하면서도 어제와 달리 내심 '별거 아니네'라고 여겨졌다. 더 이상 천사와 악마의 싸움은 내 마음속에서 일어나지 않았다. 하지만 억지 뒤집기가 성공하기까지 어떤 느낌을 받았는지 궁금해지기 시작했다. 나도 같이 옆에서 뒤집기 자세를 해봤다. 잘 모르겠다. 정말 별거 아닌 게 아니었다. 나도 뒤집기 비결을 알고 싶어 내 몸을 몇 번을 이리저리 뒤집어보았다. 팔을 빼는 것이 가장 어렵겠다는 것을 알아차렸다. 끙끙대는 늦둥이의 모습을 또다시 유심히 보았다. 거기까지 가려면 아직 몇 번의 시도가 필요해 보였다. 그러고 보니 오늘은 어제의 고민이 없어졌다. 어색한 성공에 어리둥절해 한 늦둥이의 몸짓을 애써 모른척하지 않아도 되었다. 동시에 후회가 밀려왔다. 어제 이실직고를 하는 것이 나았을 것 같다는 후회 말이다.

'지금이라도 고백을 할까'라고 또 다른 천사와 악마의 꼬드김이 시작되었다. 하지만 나는 깨달았다. 후회를 하지 않는 선택을 하기 위해 그 꼬드김을 무시하는 게 낫겠다고. "힘을 좀 더! 힘을 내! 잘하고 있네! 실은 어제 우렁각시 엄마였는데. 하! 하! 하! 성공한 느낌부터 알게 해주고 싶어서 엄마가 조금 욕심을 냈지… 뭐겠어~" 하고 말끝을 흐렸다. 내 욕심이 벌써 시작된 것일까? 늦둥이 성장에서 아주 작은 시작일 뿐인데 나는 여러 가지 생각들이 교차했다. 실패와 성공이라는 삶의 방정식을 우리 늦둥이는 어떻게 풀어갈까 문득 궁금해졌다. 나는 늦둥이를 보며 우리 늦둥이만큼은 엄마보다 더 빨리 깨닫고 더 지혜로워지기를 어리석게 또 바라고 있었다. 나라는 사람은 엄마라서 참… 어쩔 수 없었다.

머쓱한 웃음기를 지울 수 없었다. 그런데 또다시 피-식하고 웃음이 났다. 내 눈을 뚫어지게 쳐다보며 자기 마음을 읽으라는 듯이 쳐다보았다. 자기 맘에 들지 않는 말이라도 하면 틀렸다는 듯이 마치 나의 마음을 꿰뚫어 보는 듯한 옹알이로 대신했다.

'엄마 나 키우니 새삼스럽고 옛날 생각도 많이 나고 그렇지? 엄마의 엄마 생각은 당연하고 누나 키울 때도 생각나고?'라고 내 마음을 훤하게 들여다보고 있었다. 가끔은 지쳐 보이는 내가 안쓰러운지 '아이 키우는 거 그다지 조바심 낼 필요 없잖아.'라고 한마디 툭 던져주었다.

'내가 알아서 잘 크니 엄마도 엄마 세상을 잃어버리지 말아요.' 마치 내게 옹알 선생님이 생긴 것 같다.

늦둥이를 위한 책가도 : 물고기, 연꽃, 석류로 고결한 창조와 번영을 담았다. 늦둥이를 생각하며 유독 통통하게 그려졌다.

ㄱ

그래! 엄마 할 만한 거지

지금 엄마인 상태를 보내고 있다면? 그 상태는 도무지 인간다움을 지키고 누릴 수 없을 만큼 가혹한 상황이다. 그래도 끝끝내 인간의 탈을 벗지 않으려고 애쓰고 있는 것이다. 그러면서 자신의 인간다움의 한계를 오히려 넓혀 가는 중일 것이다. 그래서 우리는 엄마를 고귀하다고 한다.

한 사람의 인생은 알고 보면 아주 사사롭기 그지없다. 하지만 그 사람에게 주어진 인생의 소중한 시간은 온 우주의 전부다. 한 우주가 다른 앞날에 펼쳐질 우주를 시작할 수 있게 돌보는 막중한 소명은 아무나 가질 수 없다. 그 소명의 무게만큼 내가 정체되고 아이는 크면서 실현되어야 하기 때문이다.

어쩌다 여기까지는 왔는데 지쳐서 다 내려놓고 싶었다. 물론 내려놓는 거도 필요하다. 아무 것도 하지 않아도 괜찮고 아무 것도 되지 않아도 괜찮다. 그러면서도 가끔은 새로운 썸씽 뭔가 뉴~한 것을 찾고 싶기 마련이다. 나도 코로나19가 아니었으면 육아로 세상과 단절된 기분을 혼자만 느끼고 있었을 것이다. 그런데 코로나19 덕분에 강제로 세상과 단절을 하도록 독려하는 세상이 되어있었다. 그래서 육아 때문에 나만 멈춘 것이 아니라 세상이 함께 멈춰져 버렸기 때문에 잠시나마 위로가 되었다. 그래도 나는 여전히 나를 위한 것이 고픈 여자 사람 엄마이다. 그래서 내가 내 맘에 드는 나로 살기 위해 매일 변화를 꿈꾼다. 사실 나는 변하는 게 좋다. 변화를 즐기는 것은 아마 과거 자잘한 변화로 성취했던 경험 때문일 것이다. 43살에 늦둥이를 낳으면서 나는 새로운 전환을 맞고 있다. 거기에 코로나 펜더믹까지 겹치면서 다른 사람들이 모두 힘들다고 하는 것이 되레 육아를 하는 내게는 위로가 되는 심리적 안정감이 되어주었다. 나는 육아로 멈췄고 다른 사람들은 코로나19로 멈춰있어 결국 뒤처지는 느낌을 떨쳐낼 수 있었다. 혼자만의 시간을 감내할수록 잠시 잊고 있었던 삶의 순간순간들이 떠오르게 되었다. 그 순간은 크고 어떤 순간은 작은 사건들 속에서 최고의 선택을 그리고 나답게 하려고 노력했던 선택들이 연속이었다.

나를 포함한 현재 3040 엄마들은 역사상 가장 고등교육을 받은 세대일 것이다. 그런 자신감과 성취감으로 사회로 자신 있게 진출했다. 하지만 엄마가 되고 나서는 자신의 엄마와 같은 엄마로 살아가거나 아니면 자신의 엄마가 아니면 지탱할 수 없는 처지에 놓이게 된다. 그래서 결혼을 피하고 아이를 낳지 않으려고 한다. 바로 저출산이라는 현상이 생기고 이것은 바로 엄마가 되려고 하지 않는다는 것을 의미한다. 그저 엄마 생각을 하면 눈물이 핑하고 도는 희생의 아이콘이라는 사회적 가치로만 여전히 머물러 있다. 그래서 다들 엄마 하기 싫다고 하는 것이 대세인데 엄마 하겠다고 그런 뻔한 신파적인 희생을 감내하라고 한다면 나도 그건 딱 잘라 사양한다.

그런데 변하지 않았다. 기적같이 아이를 가지고 어이없고 놀랐지만 여전히 무서웠고 설렘도 그대로 느낄 수 있었다. 육아도 다시 하면 어렴풋이 잘 할 수 있을 것 같았다. 16년 전의 육아가 잘 기억나지 않을 만큼 별거 아닌 거 같이 느껴졌다. 하지만 기억해 내야 한다. 그래야 훨씬 더 수월하게 키울 수 있을 것 같았기 때문이었다. 그런데 그때는 어떻게 대처했더라 하고 생각할수록 시간만 더 걸렸고 일이 꼬여갔다. 결국 인터넷을 뒤져서 기억을 더듬으며 육아가 별거 아닌 게 아니었다는 것이 또렷이 기억났다. 16년이나 지났지만 여전히 많은 엄마들이 아우성치고 있었다. 아이 낳고 세상을 더 열심히 살고 싶은데 살아야 할 이유가 더 많아졌는데 세상의 눈높이는 아이를 낳고 기르는 가치에 대한 눈높이를 여전히 따라가지 못하고 있었다. 그래서 엄마는 할 만한 게 못 되는 세상이 되어버렸다.

변해야 하지 않을까? 엄마가 할 만한 세상이 되어야 하지 않을까? 언제나 세상 탓만 하는 사람이 제일 불쌍하다. 코로나 팬데믹 같은 극한상황이 와야 재빨리 변화하려고 애쓴다. 이번에는 너무 빨리 변해서 되레 아우성이다. 그래서 세상 탓이 제일 위험하다.

그런 세상을 덜 탓하고 내가 다시 낳겠다고 결심할 수 있었던 것은 첫 아이를 낳고 다시 사회생활로 복귀했던 경험이 있었기 때문이다. 그래서 그 전의 성공 경험이 출산으로 인한 나의 두려움을 작게 만들 수 있었던 것이다. 그래서 내가 보여줄 수 있는 안내지침이라고는 내 경험밖에 없다. 여자는 다시 한 번 운을 시험하고 남자는 다시 한 번 위험을 무릅쓴다고 했는데 운이었을까? 이번엔 위험을 무릅써야 할까?

엄마 할 만하다. 나는 매일 새로 태어나기도 하지만 과거의 오랜 마음들에 뿌리 내리고 살아가는 존재이기도 하기 때문이다. 그 뿌리의 시작은 가족이었다. 내 삶에서 변치 않고 이어지는 가치란 무엇인지에 대한 고민에 답이기도 하다. 무엇이 변하지 않는 가치로 내 삶에 자리 잡아야 하는지 알기 때문이다. 나는 여자로 태어나 한 가족의 딸이 되었고 여자로 만들어져 한 가족의 엄마가 되었다.

엄마의 과정은 정치와 닮았다. 아이를 잘 키우기 위해 엄마는 공감 능력도 키워야 하고 시간, 체력, 심지어 경제적인 부분까지 자신이 가진 자원에 대한 관리를 어떻게 효율적으로 해야 되는지 연구하고 시도하게 만들어준다. 아마 엄마를 하면서 꾸준히 실험하고 혁신하는 과정으로 자신과 세상의 조화가 자연스레 만들어질 수 있다. 그래서 엄마가 되고 나면 비로소 진짜 내가 어떤 사람이었는지 깨닫는다. 그러니 가장 좋은 엄마는 자식을 내팽개치고서 사회적으로 성공한 엄마도 아니고 자식만을 위해서 자신을 무조건 희생하는 엄마도 아니다. 가장 좋은 엄마는 자기다운 엄마일 것이다. 그런 건강한 엄마가 성품도 건강하고 인생도 바르게 살아갈 수 있다. 그러니 아이를 잘 키우고 싶다면 엄마 자신부터 챙기라고 말하고 싶다. 그런 건강한 엄마가 건강한 정신으로 건강하고 행복한 아이를 키울 수 있기 때문이다.

나를 알아주는 것이 많아질수록 세상살이가 행복하다. 알아주는 사람이 많아질수록 내가 아주 쓸모 있는 사람이라 생각이 들어서 살맛이 더 난다. 그래서 존재감 있고 특별한 사람이 되고 싶어 한다. 또 나를 알아보게 하려고 노력하고 나를 알리려고 노력한다. 그러다 나를 몰라봐 주면 크게 실망하고 내가 생각한 대로 알아주지 않으면 원망이 되기도 한다. 결혼도 그래서 가능하다. 수많은 사람들 중에 나를 알아봐 주는 사람에게 끌리게 되고 나 역시 누군가를 알아봐 주며 서로의 존재 가치가 결실을 본다.

그런데 엄마가 된다는 것은 나를 알아주는 사람을 평생 하나 만들었다는 뜻이다. 원하지 않았던 그 사람은 나의 노력으로 내 울타리에서 자라며 나라는 존재에 절대 의지해 살아가게 된다. 결국 나를 알아주는 사람이 되어서 내 품을 떠나도 나를 자신의 가슴속에 넣고 살아간다. 나 역시 내 손으로 만든 그를 평생 알아봐 주며 그를 알아주는 존재가 된다. 엄마가 된다는 것은 어린 왕자를 키우게 된다는 의미다. 그래 엄마는 어린 왕자를 다시 읽어야 할 시간이다. 생텍쥐페리가 1943년 발표되었던 소설 '어린 왕자'를 한 번쯤은 읽어보았을 텐데, 거기에 여우가 어린 왕자에게 말한 문장이 다시 떠올랐다.

"넌 아직은 나에겐 수많은 다른 소년들과 다를 바 없는 한 소년에 지나지 않아. 그래서 난 네가 필요하지 않고. 너 역시 마찬가지일 거야. 난 너에겐 수많은 다른 여우와 똑같은 한

마리 여우에 지나지 않아. 하지만 네가 나를 길들인다면 나는 너에겐 이 세상에 오직 하나밖에 없는 존재가 될 거야."

모든 존재에는 이유가 있다. 하지만 그 이유를 잘 찾지 못해서, 그리고 자주 잊어버려서 힘들어한다. 때론 존재하는 것만으로 영향을 주고받기도 한다. 나는 아무런 것도 바라지 않고 글을 쓸 수 있는 것도 이 글을 읽게 될 수도 있는 나의 아이들이 존재하기 때문이다. 그것이 세상에서 엄마를 하는 유일한 이유일 것이다.

나는 라디오에서 나오는 음악을 듣다가 책에서 어떤 문장을 읽다가 TV 드라마를 보다가 눈물을 흘릴 때가 있다. 나도 모르는 내 마음을 알아주는 것 같은 위로를 받았을 때가 그렇다. 그래도 얼른 눈물을 훔친다. 그런 내 마음을 다른 이에게는 들키기는 싫기 때문이다. 하지만 분명 오늘 아니 지금 이 순간 어딘가에 분명히 그런 선물 같은 일이 존재하고 있을 것이다. 어떤 날에는 보였다가 어느 날에 보이지 않았다가 아닌 날에 다른 게 보일 뿐. 내 책이 다른 이에게 자신의 마음을 들키지 않고 위로를 받고 싶은 그런 분에게 닿았으면 좋겠다.

제2장

나는 육아로 역전하는
엄마입니다

늦둥이와 고등학생 키우는 극과 극의 일상

|

나의 기후변화, 잊힌 계절

나는 2-3시간마다 모유 수유하며 밤잠을 설치기를 여러 날
을 보냈다. 수유를 하기에 가장 편안한 복장으로 하루하루를
젖만 주는 사람이 되어 갔다. 수유 원피스 한 벌과 수유 기능
이 있는 산후내복을 갈아입을 때만 씻을 정도로 나의 일상은
변해버렸다. 시간이 어떻게 가는지 그저 모유 수유하는 시간
에 맞추어 살아내느라 내 일상이 없어졌다. 계절은 그저 창밖
으로 보이는 풍경으로 짐작할 뿐이었다. 출산 전의 여름은 무
거워진 몸만큼 유난히도 더웠다. 그런데 늦둥이를 낳고 난 후,
같은 계절이지만 정작 날 덥게 만드는 것은 여름이 아니었다.

조리원을 퇴소하고는 당당하게 집으로 향했다. 한 간호사가
가자마자 당황할 수 있다며 빈 젖병에 우유를 타서 보온이 되

게 수건까지 싸서 내 손에 쥐여 주었다. 유독 노산인 나를 다독여주던 처음에는 고맙다기보다는 뭐 그렇게까지 나한테 잘 해주나 싶었다. 하지만 노산인 나는 수유실에서 전화 받고 오라면 가서 수유를 하다 보니 정작 배고픈 아기가 신호를 어떻게 보내는지 알 길이 없었다.

한 밤에도 두세 번의 모유 수유를 해야 했던 나는 아침 6시면 눈이 떠졌다. 지금은 고등학생이 된 딸아이와 함께 아침을 먹기 위한 오랜 습관 탓이었다. 비빔밥, 볶음밥, 김밥, 카레라이스 등이 주된 요리 테마였다. 골고루 채소까지 포함해서 한 그릇으로 먹이기에 딱 좋은 요리들이었다. 어떤 날엔 연어를 넣고, 다른 날에 새우장을 넣어 비빔밥이 질리지 않게 준비를 했다. 볶음밥과 김밥 역시 넣는 재료와 볶는 방식과 소스 등을 다양하게 시도해서 요리도 쉽고 세팅도 훌륭하게 소화했다. 사실 나는 한창 바쁠 때도 시리얼로 아침을 먹었던 적이 없었다. 정말 성의 없어 보이는 아침이라 생각했다. 그런데 늦둥이 육아와 큰아이를 동시에 감당해야 하니 나도 별수가 없었다. 시리얼은 일주일에 몇 번씩 돌아오는 단골 메뉴가 되어 있었다. 다양하게 단백질이 첨가되거나 오곡으로 만든 시리얼을 우유와 함께 준비하는 것도 힘에 벅찬 날이 있었다. 신기하게도 나는 시리얼이 질리지도 않았다. 모유 수유를 하니 우유가 계속 먹고 싶어졌다. 게다가 편리하기까지 했다. 이제 시리얼이 좋아져서 완벽한 메뉴라고 찬양하고 있었다. 그런데 시리얼을 계속 먹는 엄마를 보고 건강에 괜찮냐고 되묻는 딸아이는 이제 못 먹겠다는 말을 에둘러 내 걱정으로 표현했다. 하지만 내 몸도 생각하고 큰딸아이도 챙겨주고 무엇보다 편리하니 손이 절로 가는 것을 막을 수 없었다. 늦둥이 육아는 내 입맛과 취향까지도 달라지게 만들고 있었다.

큰딸아이는 괜찮다고 하지만 이것저것 신경을 써주고 싶은 중학교 3학년이었다. 어느 날은 할 말이 있어 나에게 왔다가 젖을 내놓고 있는 엄마를 보고는 방향을 틀었다. 서랍을 열었다 닫는 소리가 몇 번 나더니 이내 내 곁에 다시 왔다. 자신이 찾는 바지가 없다고 수유를 하는 나에게 묻고 있었다. 자신도 어색했던지 말꼬리도 물어야 할지를 어색해하며 말하고 있었다. 나도 옷장에 개켜 놓았는지 아직 빨지 않아 빨래 통에 있는지 가물거렸다. 옷장과 빨래 통을 다시 찾아보라고 해도 없었던지 나에게 또다시 물었다. 적당히 알아서 눈치껏 바꿔 입을 생각을 못 하고 성가시게 굴고 있었다. 내 몸이 기억하는 동선 대로 한두 번 움직이면 찾아질 것을 모유 수유로 손발이 묶여버리니 생각이 잘 나지 않았다. 마음같이 되지 않는 상황과 챙겨주지 못하는 엄마의 마음은 이내 화로 변해버렸다. 짜증 섞인 말투가 저절로 나와 버렸다. 내 목소리를 듣고는 딸아이도 괜한 요구를 했다고 생각했는지 다른 것 입는다고 단념

했다. 그런데도 이상하게 내 화는 좀처럼 가라앉지 않았다. 이런 상황이 계속될수록 육아 때문에 손발이 묶인 것이 어쩔 수 없다는 것에 화가 나기 시작했다. 모든 것은 잊히고 육아만 해야 하는 사람이 된 것 같았다. 나의 일상의 모습이 바뀌었다는 것은 나의 정체성, 나의 소속, 나의 미래까지 바뀔 수 있다는 것을 본능적인 직감으로 느끼고 있었던 것이다.

2

극과 극, 하얗게 불태웠다

위험을 감수하지 않으면 값진 것을 얻지 못한다고 했다. 나는 노산으로 얻은 늦둥이를 키우기 위해 저질 체력으로 한계까지 버텨내야 했다. 버티다 보니 몸이 육아에 적응이 될 무렵이었다. 그러던 어느 날 아침에 일어나 침대를 벗어나려는 찰나에 발을 땅에 디딜 수가 없었다. 내 발바닥이 내 몸을 지탱할 수 없다는 듯이 통증으로 신호를 보내왔다. 그런데 다음날은 디디는 것이 더 고통스러워졌다. 그다음 날은 내가 발을 디디기 전에 신경을 곤두세우며 발의 통증에 집중하고 있었다. 그때까지도 대수롭지 않게 생각했다. 임신으로 인해 일시적으로 불어난 체중이 출산 이후 빠르게 원상으로 회복이 되지 않아 몸이 신호를 보냈다고 생각했다. 그런데 어느 틈엔가 발바닥의 신호는 무릎에 통증으로까지 보내왔다. 심지어 무릎을 굽혀 앉았다 일어설 때 통증이 오면 나도 모르게 주저앉는 상황까지 왔다. 처음에는 발바닥이 제 일을 하지 못해서 일시적으로 무릎까지 아플 수 있다고만 생각했다. 그런데 문제는 무릎이 아프니 그야말로 앉고 일어서는 것에 제약이 생겼다. 단숨에 삶의 질이 곤두박질치고 있었다. 나는 그제야 병원에 갔다. 족저근막염에 일시적인 무릎 통증이 있는 내 다리는 한두 번 치료해도 그때뿐이었다. 이제는 허리에까지 무리가 와서는 늦둥이를 잘 안지도 못하게 되었다. 몸이 아프기 시작하자 육아를 하는 마음에까지 병들기 시작했다. 우울은 그렇게 산모의 약한 몸부터 공략하고 있었다.

노산으로 인해 몸의 회복이 느리다는 것을 단순히 심리적인 요인이라 생각했다. 하지만 진짜 몸이 아프기까지 하니 노산과 늦둥이를 원망하지 않을 수 없었다. 소용없는 후회가 밀려왔다. 고등학생까지 키워놓은 큰딸 또래의 엄마들이 여유 있어 보이는 모습만 눈에 밟혔다. 나만 태엽을 다시 감아 되돌고 있는 기분이었다. 나는 벌을 받는 것이 분명했다. 몸에서 시작된 통증이 그렇게 마음의 통증으로 번지자 아픈 내 몸부터 챙겨야 했다. 육아가 버거울 정도가 되자 밤중 수유부터 끊어야 했다. 나는 큰딸아이가 잔병치레 없이 크는 것이 모유를 24개월을 먹인 덕분이라 믿었다. 그래서 늦둥이도 1년 반정도는 모유 수유를 자신있어 했다. 그런데 1년도 채 되지 않아 계획을 수정해야 했다. 나 자신의 건강을 지키기 위한 선택이었다. 그렇게 횟수부터 줄여나가기 위해 밤중 수유를 끊기 시작했다. 아직 받아들일 준비가 안 된 늦둥이가 그 작은 몸으로 젖을 찾다가 엎드려 한참 울어대었다. 처음에는 다정하게 달래보았지만 나의 인내에 한계가 먼저 왔다. 지칠 줄 모르고 계속 울어대는 늦둥이는 한 시간이 넘어서야 제풀에 지쳐서 잠이 들었다. 둘째 날에도 내 머릿속에는 '이러다 아기만 잡는 것이 아닐까'라는 생각으로 울어대는 늦둥이 옆에서 전전긍긍했다. 삼일째가 되는 날에 나는 울고 있는 아이를 더 이상 그냥 놔둘 수 없어서 다시 젖을 물렸다. 그러면 안 되는 것을 알면서도 내 마음이 버티지 못했다. 곧바로 후회를 하고 다시 마음을 굳게 먹어야 했다. 알아듣는지 알 수는 없지만 섭섭해하지 말라고 여러 번 어르고 난 후에야 내 마음이 조금은 편해졌다. 그렇게 늦둥이와 나는 서로 노력을 해야 했고 한 달이 되어서야 더 이상 보채지 않았다. 엄마는 엄마대로 밤을 하얗게 불태워야 했고 늦둥이도 늦둥이대로 하얗게 불태워야 했다.

3

맛과 멋과 멍

나는 시대가 구분 지어 놓은 세대 차이를 온몸으로 느끼며 살아가고 있다. 어느덧 시대와 다 발맞추어 살아내지 못할까 걱정하며 잰걸음으로 따라가기 바빠진 나이까지 오게 되었다. X세대인 나는 첫째인 큰딸아이를 키울 때만 해도 유별난 엄마들이 천 기저귀를 간혹 쓰는 것을 보고 대단하다며 존경심을 표현했다. 그렇게 할 엄두도 못 내는 대신 대형 마트 전단으로 기저귀를 싸게 파는 행사를 알리면 잽싸게 재어두는 것으로 위로했다. 가끔은 홈쇼핑으로 장난감을 끼워주기라도 하면 요즘 말로 가성비 쇼핑을 한 것처럼 자랑스럽기까지 했다. 그런데 요즘 늦둥이세대는 기저귀가 떨어져도 핸드폰 터치 몇 번이면 내일 아침 문 앞에 떡하니 배송되었다. 아예 정기배송을 신청하면 한동안 기저귀 걱정을 하지 않고도 지낼 수 있다.

아침 일찍 문 앞에 놓인 상자를 보면 마치 잘 키우라고 응원 박스가 도착한 듯이 뿌듯한 기분이다. 하지만 이내 날아오는 청구서를 보면 응원박스는 아니었던 것이다. 매일 똑같아 보이지만 1년이 지나고, 3년이 되고, 10년 후까지 이리저리 휩쓸려 살다 보면 너무나 많은 것이 변화되었다는 것을 알 수 있다.

기저귀를 결제하면서 큰딸아이의 학원비도 결제해야 했다. 덩치가 커진 만큼 결제금액의 단위가 달라졌다. 청구서상으로는 아이는 돈으로 크고 있다는 것을 증명하고 있었다. 출산과 양육을 위해 돈 몇 푼 쥐여 준다고 절대 낳을 수 없는 지점인 것이다. 그 지점을 지나버린 나는 여전히 멀티의 인생을 살아내야 했다. 카드 결제 시한만큼 빨리 돌아오는 주기도 없다. 매달 청구서로 크는 아이들을 보며 머지않아 기저귀 청구서는 유치원 청구서와 학원비 청구서로 변해 더 오랜 시간 동안 아이가 크는 것을 증명하겠다 싶었다. 이런 지출로 사는 것이 내 삶의 맛과 멋인가 쓴 웃음이 지어졌다.

육아를 하면서도 육아를 알 수 없다는 것이 육아의 유일한 진실이었다. 늦둥이는 사내아이라 목욕을 시키고 잠깐 아랫도리를 시원하게 두고 싶어 벗겨두었다. 생각만으로도 홀가분할 것 같았다. 뒷정리를 하던 중 너무 조용한 정적에 무슨 일이 벌어지고 있음을 직감할 수가 있었다. 그런데 그런 순간은 꼭 복선이 되었다. 똥을 싸버렸다. 놀란 나는 늦둥이를 낚아채 멀리 떨어뜨려 놓았다. 그런데 그 사이 큰딸아이가 두 손가락으로 그것을 집어 올려 눈 가까이 가져갔다. 안경을 벗어 흐릿하게 보이는 까만 덩어리의 모습을 초콜릿으로 상상한 모양이었다. 이내 냄새 때문에 자신도 놀라 떨어뜨렸다. 동시에 나의 외마디 비명에 큰딸아이도 심상찮은 물건임을 알아채고 같이 소리를 질러대었다. 큰딸아이는 허겁지겁 놀래서 안경을 찾느라 허둥대는 사이 나는 더 놀라지 말라고 잽싸게 휴지로 똥을 감싸 치웠다. 큰딸아이는 자신의 눈으로 확인을 하고 싶었던지 다시 와서는 그 잡았던 똥을 두리번거리며 찾고 있었다. 나는 벌써 치웠다고 태연하게 말하고는 돌아섰지만 내 손에 그 똥을 만진 느낌은 고스란히 남아있었다. 아마 큰딸아이도 나와 비슷한 느낌의 잔상 때문에 괴로운 듯했다. 우리 둘은 한동안 멍하니 있을 때마다 그 느낌이 떠오른다고 말하며 인상을 잔뜩 찌푸리게 되었다.

4

그때 엄마들 요즘 이야기

큰딸아이가 초등학교 때의 사건이다. 학교에서 느닷없이 전화가 왔다. 혹시나 했지만 의례 '담임 선생님이겠지'라고 생각하고 가식적인 반가움까지 보태서 유난을 떨면서 받았다. 아이를 맡기는 부모의 입장은 나도 모르게 저자세를 만들었다. 담임선생님은 큰딸아이가 친구들과 장난을 치며 놀다가 안경을 낀 아이와 우연히 부딪쳤는데 부딪친 아이의 안경이 부러지고 말았다고 했다. 서로 다치진 않았지만 당사자의 엄마가 알고 있어야 되지 않겠냐고 했다. 안경이 부러질 정도였다고 하니 부딪친 아이의 상태가 무척 걱정되었다. 조심스레 상대 아이의 부모에게 연락을 넣고 싶다고 했다. 나는 잔뜩 긴장한 채로 전화를 걸었다. 부딪친 아이의 엄마는 아이들끼리 놀면서 벌어진 일인데 괜찮다고 대수롭지 않게 전화를 받았다. 나는 안경을 하나 장만해 주고 싶다고 했더니 일부러 그런 것도 아닌데 그렇게까지 할 필요는 없다며 서로 잘 놀면 그만이라고 재차 대수롭지 않아 했다. 예상보다 더 쿨한 반응에 마음이 개운해졌다. 저녁 식탁에 마주 앉아 엄마끼리 통화한 이야기를 하며 그 아이의 멋진 엄마에 대해 이야기했다. 그런 일은 아이가 커가면서 있는 아주 자연스러운 사건으로 기억에 남게 되었다.

하지만 그런 자연스러운 일이 꼭 자연스럽지 않은 경우도 있었다. 저학년 때부터 친하게 지낸 큰딸아이의 친구 동생과 벌어진 사건이었다. 그 날도 큰딸아이는 하교를 하면서 만난 친구의 동생에게도 반가웠던지 장난을 친 모양이었다. 장난과 해코지의 경계는 참 모호한 지점이 있다. 어떻게 장난을 쳤는지 의도하지 않게 그 아이를 밀었던 모양이었다. 아니면 밀렸던지 그 동생은 넘어지고 말았다. 넘어진 아이가 자신의 팔로 지탱을 한 것이 무리가 갔던지 깁스를 한 모양이었다. 나도 그 아이의 엄마에게 전화가 오기 전까지는 사태를 전혀 파악하지 못하고 있었다. 하지만 반가운 마음에 받았던 전화 너머의 목소리는 내가 처음 아는 사람의 목소리로 들렸다. "아니, 당신 아이가 밀어서 우리 애 팔에 깁스를 했어요. 아시고 계셔야 할 것 같아서요"라고 찬바람이 쌩하고 불고 있었다. 나는 영문도 모른 채 가해자 엄마처럼 취급을 당하고 있었다.

분명 서로를 오래전부터 알고 지내왔던 사이라 쉽게 오해하지 않을 것이라 여겼다. 그런데 상대의 반응은 내 예상을 가뿐히 뛰어넘었다. 더 놀란 것은 그 엄마의 직업 때문이었다. 그 아이의 엄마는 아이들의 문제를 가장 잘 해결할 것 같은 초등학교 교사였다. 다친 사실과 그 엄마의 반응과 대처에 더 놀란 나는 일단 먼저 사과를 하고 진정을 시키고 싶었다. 그리고 치료비도 부담을 하고 싶다고 했다. 싸우자고 덤비는 사람에게 나의 그런 반응은 사기를 저하시킨 것이 분명했다. 괜찮다고 하면서 주의를 좀 주라는 이야기로 통화가 끝이 났다. 그런 일은 아이에게 어떻게 설명해야 되는지 고민이 되었다. 우리 아이는 자신도 그 아이를 의도해서 민 것이 아니었고 더구나 다쳤다는 사실도 전혀 알지 못했다. 그저 반가운 사람을 만난 그 이상도 그 이하도 아니었다. 나는 차분하게 오늘 있었던 이야기를 하면서 그 친구 엄마에게 실망스러운 감정을 꺼냈다. '꼭 그렇게 이야기해야 했을까?' 라는 의문이 아직도 남아있다. 그 사건으로 아이들 사이의 일이 엄마 싸움이 될 수도 있겠다는 생각을 했다. 그리고 엄마와 교사는 인간관계의 구원자가 절대 될 수 없다는 점도 말이다.

비슷한 사건으로 다른 엄마와는 억지로라도 관계를 맺고 싶어지게 만들기도 했다. 큰딸아이는 쉬는 시간에 친구들과 발을 밟는 놀이를 했던 모양이었다. 놀이인지 장난인지의 경계

역시 내가 구분 지을 수 없는 문제이다. 무슨 놀이인지 설명을 들어도 지금까지 잘 이해가 되지 않는 장난 같았다. 하교 때쯤 되어서 담임 선생님에게 전화가 와서 전해 들었다. 우리 아이가 밟은 그 아이의 발이 심하게 부어서 깁스를 하게 되었다고 했다. 나는 너무 깜짝 놀라서 그 아이 엄마의 전화번호를 건네받았다. 전화기 너머의 목소리는 명랑했다. 그런 일로 전화까지 했냐며 대수롭지 않게 여기고 더 놀란 반응을 하셨다. 만약 자신의 아이가 내 딸의 발을 밟았으면 더 큰 일이 났다고 아이들끼리 일로 전화까지 준 것을 반가워하셨다. 지난 일이 문득 스쳐 지나가 더 조심스러웠지만 이내 마음이 편해졌다. 그날 저녁 마주 앉은 식탁에서 친구와의 놀이는 정말 장난처럼 웃음꽃이 되어 돌아왔다. 친구 엄마에게 전해 들은 그 친구 몸무게를 이야기하면서 서로에 대해 알게 되었다. 나는 의도적으로 그 친구와 친하게 지내라며 부추기고 있었다.

5

고춧가루 한 스푼과 물에 씻은 김치

퇴근하는 남편은 제일 먼저 늦둥이 이름을 부르며 집안으로 달려 들어왔다. 그 꼬물거리는 신기한 것을 일단 눈으로 확인하고 싶은 마음이었다. 더 신기한 것은 하루하루 자라는 것이 눈에 보일 정도로 매일 다르다는 것이다. 매일의 모습이 궁금한 아빠는 보고 싶은 마음에 얼굴부터 들이 밀어대다가 씻지 않는 손 때문에 핀잔을 당하기 일쑤였다. 그래 놓고도 다음날이면 어김없이 얼굴부터 들이 밀어댔다. 그런데 어느 날은 쏜살같이 달려 들어오던 남편이 현관 앞에서 한참을 머뭇거렸다. 내가 마중을 나가서야 하던 일을 끝내고 집안으로 발걸음을 옮겼다. 한 발짝을 떼며 코로나19의 위력이 우리라고 비껴갈 턱이 없다고 푸념이었다. 인근 사무실에서 확진자가 나와서 남편은 현관 앞에서 자신의 몸을 한참이나 소독약을 뿌려

대고서야 안심이 되는 듯 들어왔다. 그리고는 곧장 화장실로 직행하여 샤워를 마친 후에야 늦둥이 이름을 불렀다. 그 이후로는 늦둥이를 향해 무작정 달려 들어오는 남편의 모습을 보지 못했다.

큰딸아이 역시 수시로 집에 드나들면서도 늦둥이 안부를 체크했다. 평소와 달리 늦둥이가 낮잠을 자는 시간이 길어지는 날에는 큰딸은 자신의 눈으로 확인을 하고 싶어 했다. 마치 보호자라도 된 듯이 나를 통해 하루의 컨디션을 체크하기까지 했다. 그런 늦둥이가 자는 모습이 너무 귀여워 보이는 날에는 털썩 옆에 나란히 누워 살 냄새를 맡아대었다. 하지만 나는 고맙게도 길게 자는 아기가 깨서 순식간에 나의 평화가 깨질까 봐 조마조마한 마음이었다. 그런 엄마의 마음을 알 리가 없는 큰딸아이는 학업에 대한 말 못 할 중압감을 늦둥이에게 나는 아기냄새로 위로를 받았다며 흐뭇해하고 있었다. 두 아이 모두 서로에게 평화를 찾은 날은 나 역시 흐뭇했다. 16년이나 차이 나는 남매지만 늦둥이 동생은 큰딸에게 선물이었고, 큰딸은 늦둥이에게 버팀목이 될 것이 틀림없었다.

저녁 시간이 되면 온 가족이 식탁으로 모이는 것이 늦둥이 엄마에게는 가장 큰 교류의 장이 되어있었다. 매일 기다려지는 시간이니 정성껏 준비하고 싶지만 육아를 하는 엄마의 사정은 호락호락하지 않았다. 늦둥이를 업고 준비하기 수월한 날이면 정갈하게 차려진 식탁이 뿌듯했다. 그렇지 못한 날이 더 많아지면서 나는 배달 반찬가게에 주문을 넣었다. 칼칼하고 짭쪼롬한 가장 집밥다운 반찬을 골라 먹기 좋게 세팅만 했다. 그마저도 늦둥이 이유식이 시작되자 가족 모두의 음식은 늦둥이 입맛에 맞춰졌다. 그래도 칼칼하고 매콤하게 간이 된 음식이 자꾸 당기는 것은 어쩔 수 없었다. 그래서 한 가지 요리에도 요령이 필요했다. 밥상에 자주 오르는 소고기뭇국을 늦둥이 먹을 양으로 먼저 끓이고 덜어놓았다. 그리고 나서 고춧가루를 시원하게 풀어 칼칼함을 더한 국으로 우리의 입맛을 달래주었다. 김치 역시 한쪽에는 물에 씻어 매운 맛을 뺀 것으로 잘게 조각내어 접시에 담아내었다. 늦둥이는 자신의 김치를 연신 '치침, 치침'이라 부르면서 달라고 가리켰다.

짝사랑의 무게

이렇게 우리 집 시계추가 늦둥이가 되면서 모든 가족의 일상의 기준이 바뀌게 된 것이다. 하지만 변화에는 언제나 관성이 작용할 것이다.

제3장

나는 행복에 도전하는 엄마입니다

실패와 성공의 사이

1

무엇이 요즘 엄마를 지배하는가?

세상에서 제일 힘든 일 중에 육아도 빠지지 않는다. 박지성 선수는 축구훈련과 육아 중 어느 것이 더 힘이 드는지 물었더니 일 초도 망설이지 않고 육아라 말했다. 육군 특전사 출신 엄마에게도 물어보니 같은 대답이 돌아왔다. 내가 16년 만에 다시 아이를 낳았다고 하면 상대에게 돌아오는 대답은 '진짜 애국자네!', '나라면 엄두도 못 낼 것 같은데~'와 '그래도 좋으시죠?'라고 상반된 반응들을 보였다. 이 시대에 아이를 낳는 일은 진정 애국하는 길이 되어있었다. 그리고 육아처럼 힘든 일을 그 나이에 제 손으로 선택한 것이 있을 수 없는 일이라고 생각하고 있었다. 나 역시, 또 해내리라고 나조차도 생각하지 않았으니 그 반응은 당연했다. '그래도 좋으시죠?'라고 말하는 것은 힘든 육아를 견디게 할 수 있는 다른 말이 없기 때문에 사랑스러운 순간만 떠올리게 최면을 걸어주는 말이었다.

요즘처럼 똑똑하고 많이 배운 엄마들은 드물다. 그런 그녀들이 설령 애국자가 되어 아이를 낳았어도 육아는 여전히 어렵다. 그 어려운 것은 혼자 감당해야 되는 것도 여전했다. 일과 가정의 양립을 외치기는 하지만 아빠가 육아를 똑같이 분담하는 것은 여전히 불가능한 일이었다. 그렇다고 엄마는 아빠가 육아휴직을 쓰는 것도 두렵다. 아빠가 육아휴직을 편하게 쓸 수 있는 상황이 되지 못하기 때문이다. 당장이라도 쓰려고 하면 상사는 육아휴직 하는 아빠가 회사 내의 진급이나 중요한 업무보다 아이나 키우는 것을 더 중요하게 생각한다고 여긴다. 그래서 승진은 포기해야 되는 처지에 놓이게 된다. 그런데도 용감한 아빠가 육아휴직을 썼다면 다시 원래 자리로 복직하는 경우가 드물었다. 그것은 아직도 누구에게는 그림의 떡인 셈이다. 다행히도 나는 육아만큼은 자신도 엄마만큼의 아빠가 되려고 노력하는 남편이 있다. 그래서 육아에 대한 나의 요구를 되도록 수용해주려고 애를 쓴다. 주말이 되면 남편 혼자서 아이를 데리고 몇 시간씩을 보내고 오면 나는 다시 충전이 되어있었다. 그래도 나는 여전히 부족하다고 느낀다.

요즘 엄마들은 뭘 좀 아는 엄마들이다. 사실 뭘 좀 안다는 것만큼 애매한 것도 없다. 엄마들은 최선을 다해 육아를 하고 싶어서 최상의 답을 알아내고자 인터넷 육아 백과를 뒤지고 있는 것이다. 그래서 어린 자녀를 둔 엄마들이 소셜 미디어에서 가장 활발한 활동을 하는 것인지도 모른다. 맘 카페나 맘 플루언서들에 의존해 자녀 양육에 대한 정보나 엄마 자신에 대한 감정까지 애매함을 확인하고 확인받고 싶은 것이다. 하지만 넘쳐나는 정보에도 유독 내 아이에게만 일어난 일에는 이거다 싶은 정보를 빨리 찾을 수 없다. 이런 애타는 어느 엄마의 잔혹사가 올라오면 수십 개의 댓글로 비슷한 엄마들의 경험담으로 소통하고 위로를 받는 듯하다. 이런 손가락 몇 번의 스치는 인연에도 엄마들의 고민과 삶을 나누지만 금세 소원해지고 진정한 관계를 이어가기는 어렵다. 그러면서도 다른 엄마들의 삶을 끊임없이 곁눈질하면서 자신과 비교하기에 이른다. 엄마로의 마음을 다잡았다가도 완벽하게 정리된 집, 내가 먹고 싶을 만큼 맛깔나게 차려진 음식, 엄마표를 자청하며 유창하게 영어를 하는 아이의 모습, 게다가 출산의 흔적도 없는 피부와 몸매를 보며 이내 자신을 자책하게 된다. 거울도 제대로 볼 시간조차 없이 열심히 살고 있는데 왜 이렇게 비교만 되는 것인지 '좋아요'를 누르는 수만큼 자신의 우울감이 늘어만 갔다. 가장 완벽한 모습을 편집하고 짜깁기한 다른 엄마들의 모습에 스스로 상처받으며 다시 자신을 '슈퍼 맘'으로 만들려고 질책한다. 나 역시 예외가 아니었다. 비슷한 엄마들이 모여 있는 카페를 기웃거리며 같은 편이 되어 위로를 받고 싶어 했다. 우울한 내 마음을 달래보려 어설프게 포장된 댓글로 아는 체도 했다. 하지만 나는 아이와 자신의 삶을 자랑할 사진과 이야기를 올리고, 조금 과한 표현과 칭찬으로 댓글을 달아주는 것으로 서로의 관계를 계속 이어갈 수는 없다고 결론을 내렸다.

육아뿐만 아니라 삶의 여러 총체적인 어려움은 어쨌든 고통을 수반할 수 밖에 없다. 그렇게 삶에 수반되는 고통을 알고도 사람을 태어나게 하는 것은 죄를 짓는 것이라고 보는 사람들이 있었다. 그래서 출생 자체를 부정적으로 보고 부정적 경험을 하게 하는 출생은 비도덕적 행위로 보는 반출생주의라는 철학적 입장이 생겨났다. 내가 배운 것과는 달랐지만 언뜻 이해가 되는 점도 있었다. 그러던 중 한 여성의 이야기가 기억에 남았다. 자신을 9살, 6살 아이 둘을 키우며 일과 육아를 병행하고 있다고 활기찬 목소리로 소개하였다. 그녀는 솔직하고 당당하게 아이 낳은 것을 후회한다고 말했다. 그 이야기를 듣고 있던 내가 괜히 미안함이 들 정도로 후회가 가득 찬 목소리였다. 하지만 자신은 아이를 절대 사랑하지 않는 것이 아니라 너무 사랑한다고 오해 없이 들어달라고 부탁을 했다. 솔직한 마음을 표현해주는 것이 감사했지만 그 이유가 무척이나 궁금했다. 자신은 육아야말로 경력단절뿐만 아니라 여자에게는 그저 밑지는 장사라고 했다. 그래서 왜 우리 엄마나 세상이 육아는 이런 것이라고 말해주지 않았는지 모르겠다고 했다. 자신은 자기 아이들에게는 아이를 낳으라고 말하고 싶지 않다고 딱 잘라 말했다. 순간 육아에 지친 나를 무척이나 쓸쓸하게 만들어주는 말이었다. 그런 과정을 오롯이 겪고도 다시 16년 만에 아이를 낳은 나조차도 선뜻 대꾸를 할 수 없었다. 하지만 엄마인 지금 내가 깨달은 것이 있다. 사람은 태어나는 순간부터 고통이 시작된다는 것이다. 그런데 중요한 것은 인생을 살아가는 동안 그 고통을 어떤 자세로 마주하냐는 것이다. 우리가 어떤 상처를 받았던지 혹은 어떤 역경을 겪었던지 그것은 분명 그럴 만한 가치는 있었을 것이라고 믿게 되었다. 그저 좀 더 용감하고 강인한 사람, 여자, 엄마가 되어주기만을 바랄 뿐이다.

2

요즘 엄마의 못된 짓

내가 경험한 온라인상의 이야기를 하나 해볼까 한다. 늦둥이가 6개월이 넘어갈 무렵부터 자는 주기가 일정해지는 패턴이 만들어졌다. 오전 9시, 오후 3시 즈음에 1-2시간씩 사이 잠을 자는 동안 나만의 시간이 생겼다. 물론 밀린 집안일을 해도 되겠지만 나는 그러고 싶지 않았다. 처음에는 영어공부를 하고 싶었다. 오디오 클립으로 된 영어 콘텐츠를 들으며 아이와 간단한 일상적인 이야기를 영어로 하는 상상을 하며 공부를 했다. 그런다고 영어가 잘 되는 것도 아니지만 그런 상상이 나를 즐겁게 해주었다. 그러다 알게 된 팟캐스트를 내가 개설도 해 볼까 하는 마음이 생겼다. 할까 말까 망설여졌지만 라디오 디제이 흉내를 낼 수 있을 것 같은 호기심에 해 보고 싶어졌다. 에라 모르겠다며 갖고 싶어하는 백을 지르듯이 그냥 질러버렸다. 알고 나면 아무 것도 아닌 일이 되지만 오디오 편집 툴을 만지는 것도 처음에는 너무 어려웠다. 더 어려웠던 것은 개설할 팟캐스트의 콘텐츠 주제를 정하는 것이었다. 고민이 되었지만 아기와 보내는 시간을 방해받고 싶지 않아서 길게 고민하고 싶지는 않았다. 개설을 해보는 것 외에는 큰 목적이 없어서 그저 가볍게 생각했다. 그러다 제일 편한 것이 그냥 나의 이야기를 하는 것이었다. 우리 집 늦둥이는 하늘에서 주신 선물이기에 그 외의 모든 것을 아기 낳기 전 상태로 만들고 싶은 내 마음을 담기로 했다. 산후다이어트, 나의 커리어 등등을 다시 제자리로 놓기 위해서 제일 필요한 것은 바로 자기관리였다. 어찌 보면 자기계발을 할 처지가 못되어 관리라도 해보자는 심산인 것이다. 그래서 엄마의 자기관리라고 주제를 정했고 그 엄마는 바로 나, 나의 자기관리 이야기인 것이다. 엄마가

엄마를 이해하고 엄마가 엄마를 이끌어준다 그 엄마는 바로 나, 내가 나를 이해하고 나를 이끄는 것은 결국에는 나이기 때문이었다. '미리 캔버스'라는 툴로 '썸네일'이라는 것을 만들어야 했다. 글자 그대로 채널명

엄마자리: 엄마의 자기관리 오디오 클립

을 엄마의 자기관리라고 정했다. 썸네일에 넣을 글자 디자인을 하다 보니 '엄마의 자기관리'는 '엄마자리'라는 말로 줄일 수 있게 되었다. 디자인이라는 것이 해도 해도 끝이 없고 자꾸 손을 대고 싶어졌다. 지금의 시선으로 보면 초기에 올려진 오디오클립의 썸네일이나 팟캐스트 채널인 팟빵이나 팟티에 처음 올린 썸네일은 마치 옛날 사진속 자신의 모습을 보는 것처럼 그렇게나 촌스러울 수가 없다. 그렇게 만든 오디오 클립을 네이버에 올리기 위해서는 네이버 자체 승인을 받아야 했다. 분명 한 번에 승인이 되지 않을 거라 생각했다. 그런데 예상은 정확히 빗나갔다. 전혀 기대하지 않아서인지 한 번에 승인이 나자 그것은 나에게 벅찬 감동을 주었다. 그 당시 내가 너무 기특했고 너무너무 자랑을 하고 싶었다. 그런데 자랑하고 싶은 내 마음과는 달리 예상하지 않은 태클이 들어왔다. 나의 길을 가던 중에 다른 사람이 깜빡이 없이 끼어들기 하는 것은 충돌을 예고한다. 엄마자리라는 블로그닉네임을 가지신 분이 왜 자신의 닉네임과 오디오클립명이 같냐고 쪽지를 보내왔다. 나는 무슨 말인지조차 어디서부터 어떻게 받아들여야 하는지 몰랐다. 아무리 온라인이지만 내 콘텐츠의 이름이 자신의 닉네임과 같은 이유를 묻는 것이 이해가 되지 않았다. 닉네임으로 보면 그분도 엄마인데 이상한 상황으로 만드는 것이 어처구니가 없었다. 나는 이해가 되지 않았지만 벅찬 감동을 안겨준 내 오디오클립에 대해 자랑스럽게 구구절절 이야기를 했다. 결국 그 엄마는 자신의 전후 사정을 그제서야 이야기하며 결국 미안하다고, 죄송하다고 연거푸 쪽지를 보내왔다. 뒤늦게 나는 일련의 일들에 점점 더 화가 커지기 시작했다. 바로 엄마들의 못된 짓이라고 혼자 결론지었다. 그러면서 유튜버 박막례 할머니의 말이 불쑥 생각났다.

"내가 70년 넘게 살아보니께 남한테 장단 맞추지 말어~. 북 치고 장구 치고 너 하고 싶은 대로 치다 보면 그 장단에 맞추고 싶은 사람들이 와서 춤추는 거여."

어떤 미래가 펼쳐질지 모르는 우리의 내일이다. 엄마인 당신은 어떤 마음으로 마주하고 있는지 이제 당신도 답해야 할 차례이다.

3

그 엄마의 내 마음대로 원칙

나 역시 잘 하고 싶다. 언제나 그 잘하고 싶은 것이 문제가 된다. 아이를 잘 키운다는 것도 예외는 아니다. 지금까지 내 경험으로는, 아이를 잘 키웠다고 하는 경우는 좋은 대학에 들어가고 좋은 직장을 다녀야 그렇게 평가받을 수 있다. 그래야 다른 엄마나 사람들이 부러워서 그 엄마를 칭찬했다. 소신 있게 자기 밥벌이 정도라도 해야 '그 정도면 됐지 뭐!'라고 칭찬 아닌 칭찬 정도를 한다. 그 외에 아이를 잘 키웠다고 이야기하는 경우는 들어 본 적이 없는 것 같다. 그래서 잘 키우기가 더 힘이 들 수도 있다. 그 기준에 맞추려고 보니 아이에게 과도하게 매달려야 할 것 같고 한정 없이 돈을 투자해야 할 것 같다. 그렇게 해도 아이를 잘 키운다고 생각하지도 않으면서 말이다. 그리고 엄마가 충분히 뒷바라지를 해서 좋은 대학과 좋은 직장을 보장받는다면 모를까, 그럴 경우도 드물다. 그래서 일찌감치 나는 아이를 잘 키웠다는 세평에는 손절을 택했다. 대신 아이가 도움을 원한다면 기꺼이 응하는 것으로 원칙을 정했다.

내가 생각하는 '아이를 잘 키운다'에도 나만의 원칙을 세웠다. 첫 번째는 내가 안아줄 수 있을 때 충분히 안아주는 것이다. 안아줄 수 있을 때라는 시간이 생각보다 길지 않다. 품 안에 자식이라고 아이가 대여섯 살만 되더라도 엄마나 아빠가 안아서 길을 가면 친구들이 보면 부끄럽다고 안기려고 하지 않았다. 어느 날 유치원을 하교하는 큰딸아이가 나를 보고 엄마 하며 달려왔다. 그 모습이 어찌나 사랑스럽던지 나는 와락 끌어 안고는 내려놓기 싫었다. 그렇게 안은 채 집으로 향하려고 서너 발자국 갈 때쯤 아이가 몸을 뻗으며 내 품을 빠져 나가려고 했다. 나는 놓아주기 싫어서 아이를 더 꼭 안으며 왜 하고 앙탈을 부렸다. 그런데도 힘을 주며 내 품에 빠져 내려간 아이는 나에게 속삭이듯 그렇지만 또박또박 말했다.

"엄마! 내 친구들이 본단 말이야, 그러면 친구들이 나 아직 애긴 줄 알아."

다 큰 마냥 나의 손을 잡고 씩씩하게 걸어갔다. 그때 처음 큰딸이 아이 같지 않았다. 그런 아이가 어느새 내 키를 훌쩍 넘어 고등학생이 되었다. 이제는 진짜 다 커버려서 내 팔로 안기가 벅찰 정도가 되었다. 충분히 안아준다는 것은 엄마 손에서 놓지 않을 정도로 아이에게 매달리라는 것이 아니다. 질보다 양을 의미한다. 내 품에 안길 때 진심을 다해 안아주기가 쉽지 않다는, 그래서 억지로라도 진심을 다해 안아주는 것이 좋다. 일부러라도 품에 안아 이름을 불러주는 것이다. 아무것도 모를 것 같은 그 작은 아이도 엄마가 진짜 좋아서 안아주는지를 느낀다. 그래서 나는 아이를 키우며 꼭 해야 하는 것이라 생각한다.

나는 두 아이를 모두 모유로 키웠다. 내가 모유로 키우기로 결심한 것은 사람에게 사람의 젖을 먹이며 엄마 품에 오롯이 안을 수 있는 아름다운 시간이기 때문이었다. 또 육아 전문 책에서 되도록 모유를 먹이는 데 최선을 다하는 것이 아이에게 제일 좋다고 한목소리를 내고 있었다. 그런 마음은 분유 광고에 나오는 '모유처럼'이라는 말에 더 확신을 가지게 되었다. 그래서 나는 일찌감치 모유를 먹이려 마음을 다잡았다. 다행히 나는 젖이 아주 잘 나오는 사람이었다. 첫째도 24개월까지 먹였으니 둘째는 일 년만이라도 먹이자고 결심했다. 그런 내게도 몇 번의 심한 고비가 있었다. 두 번째 육아도 첫 번째 육아 하는 것과 마찬가지여서 젖몸살을 감당하기가 너무 힘들었다. 유축기로 짜내기 전에 뭉친 젖을 풀어주는 젖마사지는 출산의 진통만큼 비명을 지르게 했다. 유축기로 짜내는 동안에도 나는 내가 젖만 먹이는 어미라는 생각이 젖몸살의 비명만큼 내 마음의 비명을 지르게 했다. 보통 아이가 모유를 먹기 위해 한쪽 젖을 물면 젖꼭지를 5분 이상씩 빨아야 했다. 신기하게도 엄마의 생살을 빨아대지만 아프지가 않았다. 그러다 머리카락이 삐죽 설만큼 찌릿하게 아파져 오는 경우가 생겼다. 유선염이 걸리거나 유선이 막히면 바늘로 찌르는 듯한 고통이 왔다. 첫 아이 때도 유두에 피가 날 정도로 아픈 적이 있었지만 꾸역꾸역 참고 견뎌내었던 기억이 났다. 하지만 이번에는 찌릿함을 도저히 참을 수 없어 병원까지 가야했다. 유방검사까지 했지만 처방된 연고를 바르며 남모를 고통을 견뎌야 했다. 그런데 신기하게도 찌릿하게 옷만 닿아도 아팠던 것이 아기가 빨기 시작하면 그 아픔이 덜했다. 그렇게 엄마의 몸은 참 신비롭다며 고통도 무던히 견뎌냈다. 이번 늦둥이를 출산했던 조리원 동기 중에서도 나는 가장 모유 수유를 길게 한 사람이었다. 내가 그렇게 할 수 있었던 것은 우선 젖이 잘 나오는 것부터 시작해서 모유만은 이렇게 먹이겠다는 나만의 원칙이 확고했기 때문이 아니었을까 한다.

나는 불 앞에 서는 것보다 아이와 함께 마주 보며 식사하는 것을 택했다. 손수 정성껏 식사준비에 열을 올리면 아이는 어느새 내 가랑이 사이에 다가와 있었다. 정성은 나에게만 쏟으라고 떼를 썼다. 조금만 기다려주면 맛있게, 멋지게, 예쁘게 차려질 텐데 아이는 기다려주지 않았다. 그래서 식사를 차린다고 자신을 봐 달라고 하는 아이를 모른 척하는 것을 그만두기로 결심했다. 나는 과감히 식사준비를 아주 간단하게 하기위해 다른 것에 의존해 해결하기로 했다. 반찬을 주문하거나 배달을 했다. 그 대신 아이나 우리 집에 누구라도 혼자 밥을 먹게 하지는 않겠다고 결심했다. 이렇게 결정을 하고 나니 나는 더 너그러운 엄마가 될 수 있었다. 대개의 경우는 식사는 함께 하려고 애를 쓰고, 아니더라도 꼭 마주 앉아서 이런저런 이야기를 나누었다. 음식을 먹을 때는 누구라도 마음이 여유롭다. 그런 상태에서 아이가 하는 말에 귀를 기울여 주려고 나누었던 이야기를 기억하려 애를 썼다. 참 별거 아닌 거 같지만 일부러 신경을 쓰지 않으면 놓치기 쉬운 순간이다.

나는 위선보다 위악을 택했다. 그래서 거짓말을 하는 것보다 그냥 한번 나쁜 사람이 되는 쪽으로 선택했다. 육아에서도 다른 사람들처럼 하지 않으면 이상한 엄마인 양 죄책감이 들기 때문이다. 사실 나는 첫째도 둘째도 상장 앨범을 하지 않았다. 그 인위적인 포즈나 연출이 내 아이의 성장과 무슨 상관인지 이해가 가지 않았다. 하지만 내가 성장앨범을 안 찍을 거라고 대놓고 말할 수는 없었다. 육아를 하면서 당연히 해야 하는 것에 대한 의문을 품는 일도 아이를 덜 사랑하는 것처럼 비칠까 두려웠기 때문이었다.

　대신 나는 나의 도전을 아이와 함께 나누어 본다. 새로운 요리에 대해 도전해 본 이야기는 물론이고 전자책을 써본 이야기, 팟캐스트를 개설해본 이야기 등 새로 깐 앱 이야기까지 나름 내 감정을 실어 한껏 부풀려 이야기해댄다. 나의 일에 관한 이야기는 물론이고 MZ세대들을 분석한 구독메일까지 받아보며 나는 스케치한 정보들을 섞어 큰딸아이에게 넌지시 말을 건넨다. 엄마가 그런 것도 아냐고 하면 속으로 한껏 으쓱해진다. 흔히 세대 차이는 어느 시대든지 존재했다. 그래서 뻔한 엄마는 관심에 밀려 단절이 되어버리기 십상이다. 새로운 엄마의 세계가 궁금하도록 만들어야 했다. 그래서 뻔한 엄마가 되지 않으려 새로운 것을 해보고 성공이라도 할라치면 호들갑을 떨어본다.

4

알파걸과 엄친딸도 엄마가 되었습니다

우리는 엄마를 꿈꾸지 않는다. 나 역시 엄마 되기를 꿈꾸지 않고 엄마가 되었다. 나는 스스로 열심히만 하면 유리 천장을 뚫고 어디든 올라갈 수 있을 거라고 들으며 자랐다. 그래서 배움에 매달리고 사회로 악착같이 나가고 싶었다. 사회로 첫 발을 내디딜 즈음 나는 MBC '사랑의 스튜디오'에 출연을 할 수 있었다. 그 일은 나를 동네의 엄친 딸로 만들어주었다. 그 렇게 자신 있게 스스로를 증명하며 사는 여성을 알파걸로 불러주는 시대였다. 나는 내가 가진 자심감보다 더 자신감이 있는 여성으로 보여지고 있었다. 조금만 더 노력하면 내가 마음 먹는 대로 살 수 있을 것 같았다. 그래서 나는 더 큰 사회로 나가기 위해 과감히 나를 위한 투자를 하기로 하고 대학원으로 진학을 했다. 하지만 결혼을 하게 되고 출산을 하고 나니 완전히 다른 문제가 되어버렸다. 어제의 나와 내일의 엄마 사이의 고민은 더 이상 용납도 되지 않았다. 그때쯤이 되어서야 나는 왜 사회생활을 하기 전에 좀 더 알아차리지 못했을까 하고 후회를 했다. 그 당시 나는 대학원에 다니며 석사과정을 배부른 채 마치며 이제 와서 이렇게 혼란스럽지는 않았을 텐데 하는 미련이 밀려왔다. 사회생활과 육아의 균형은 실제 존재하지 않았다. 그 하고 싶었던 박사과정마저도 다시 되돌아가는 데 7년이 넘게 걸렸다. 내가 선택한 육아와 내가 선택받고 싶어 하는 일이 좀 더 사이좋게 지낼 수 있는지에 대해 조금만 더 고민했더라면 하고 늦은 미련도 떨어내야 했다.

아이도 잘 키우고 싶었고 어느 사회에든 소속도 되고 싶었다. 하지만 일을 하지 않는다면 사회적으로 내 존재를 입증해야 할 무언가가 없어졌다는 사실이 예상보다 더 큰 심리적인 공허함을 가져다주었다. 오롯이 육아에 집중하리라고 각오를 하고 선택한 경력단절이었지만 육아휴직을 하고 육아를 하는 것과 소속이 없어진 상태에서 육아를 하는 것은 다르게 느껴졌다. 그래도 나는 육아에 매달리며 잘 해내고 싶었다. 그런 마음은 나만의 시간을 그저 욕망에 머무르고 했고 간신히 아이가 잠이라도 드는 순간이 되어야 숨통이 트이는 정도였다. 그나마도 아이와 우리 가정의 미래를 생각하느라 나를 욕망하는 것은 사치를 부리는 것처럼 느껴졌다. 이쯤 되면 엄마 잘

하기도 여간 어려운 일인데다가 답도 없는 일이기도 하다는 것을 알아차렸다.

시대에 따라 각 세대마다 살아가는 데 중요하다고 생각하는 가치관이 달라졌다. 내가 첫딸을 육아하는 시기 때만 해도 그때의 엄마들은 그 이전의 엄마들보다는 여권에 대한 감수성이 높은 세대라 생각했다. 그래서 여자가 사회생활을 하면서 남성과 경쟁하며 어떻게 하든지 살아남았다는 것을 무척 대단하게 여겼다. 꼭 남녀의 문제로 취급하지 않더라도 일을 하며 사회와 경제의 한 축을 이루어 내는 것은 의미가 있는 일이다. 하지만 우리는 이런 사회의 축을 이루는 개개인의 인생 주기와 조각 조각의 삶에 대해서는 관심을 두지 않았다. 개인이 사회를 중요하게 생각하는 만큼 사회는 그런 개인을 중요하게 여기지 않았다. 그래서 지금의 세대는 직장과 조직에 젊음과 일상을 희생해 가면서 자신의 몸을 바치며 일을 하고 싶어 하지 않는다. 지금의 조직과 소속으로 평생을 가야 한다고 생각을 하지 않기 때문이다.

그렇다고 일을 통해 얻은 갖가지 성취감이나 온갖 어려움으로부터 받은 고통과 스트레스가 단순히 좋다와 나쁘다로 내 삶의 의미를 단정할 수는 없었다. 그런 과정에서 느낀 성취와 좌절의 감정은 이후 어떤 상황에서 어떤 방향으로 변모되어

발휘될지 모르는 어떤 원동력이 될 수도 있었다. 그래서 그것이 내 삶에 다른 가치를 더해 줄 수 있다는 것을 깨닫고 나서야 애쓰고 고군분투하는 것이 단순한 감정으로만 느껴지지 않았다. 인생은 한 번쯤은 충분히 살아갈 가치가 있다는 것을 그때서야 깨닫게 되었다. 생각보다 긴 인생을 성공과 성취만을 위해 내 모든 것을 갖다 바치는 것보다 나답게 내 일상을 꾸리는 것이 더 가치가 있는 것이었다. 그래서 엄마 하는 것이, 그것을 위해 조직을 탈출하는 것이 끝이 아니라고 생각했다. 그것은 또 다른 새로운 시작이 될 수도 있는 것이다. 누구도 예측하지 못하는 나의 미래와 다른 미래를 살아갈 내 아이들에게도 어떤 의미와 가치로 전달이 될 것이다. 그래서 지금 아이들과 함께 나누는 오늘의 아침에도 어떤 새로운 기억으로 채울지 머리를 굴려본다.

늦둥이를 낳고 내가 할 수 있는 말은 전부 내 감정이 없었다. "어쭈~ 어쭈쭈~" "아, 그랬구나" 식의 요즘 말로 전부 늦둥이에 대한 공감의 단어 표현뿐이었다. 퇴근 무렵 남편이 들어와야 내 감정을 담아 몇 마디 말을 섞을 수 있었다. 그런데 이상하게도 그 감정이 하루 이틀 켜켜이 쌓여 제대로 아내처럼 말하지 못하게 만들어 버렸다. 자꾸만 투정이 들어가고 이내 서운함만 담겼다. 금방 후회하면서도 그런 나를 어르고 달래주었으면 했다. 이상하게 변해가는 내가 그리고 내가 생각하는 엄마로의 모습이 점점 마음에 들지 않아졌다.

나는 쏟아내야 했다. 그리고 어른다운 언어로 채워야 했다. 무언가 궁금하면 일단 네이버를 열어본다. 그러다 우연히 오디오 클럽을 듣게 되었다. 거기에서 늦둥이에게 동화를 들려줄 수 있었다. 그렇게 몇 번을 듣게 되었다. 자극적인 시각적 매체를 접하게 하는 것보다 소리에만 주의를 기울여야 하는 점도 안심이 되었다. 오디오클립 안을 이리저리 기웃거리다 다양한 내용에 눈길이 쏙 빠져들었다. 갖가지 내용에 나의 마음을 알아주는 듯한 소재에도 잠시 혹했다. 그러다 이어진 생각은 내 목소리를 담아 아이에게 동화를 들려줄 수도 있을 것 같았다. 하지만 늦둥이를 위한 것보다 내가 나를 위함이 더 절실했다. 동화보다 어른인 나의 이야기가 더 필요했기 때문이었다. 코로나19라도 없었으면 누구라도 잡고 말을 섞어 허공에다 떠나보내야 할 감정들로 내 마음은 이미 꽉 차 있었다.

내가 유일한 구독자여도 괜찮다며 오디오클립을 만들었다. 그런데 팟캐스트는 생각보다 어렵지 않았다. 가장 어려운 것은 어떤 목적을 가지고 하느냐는 것이다. 나는 내가 어른다운 말을 하는 내 목소리를 듣는 것이 목적이었다. 그러다 보니 다른 오디오클립 운영자들의 애로를 알 필요가 없었다. 그렇다고 나를 위해 아무렇게나 만들 수는 없었다. 첫 번째 스크

립트는 내가 좋아하는 내 이야기를 시작해 보는 것이었다. 사실 그게 전부였지만, 그리고 내가 가진 핸드폰으로 내 목소리를 녹음했다. 목소리를 가장 깨끗하고 또렷하게 담고 싶었다. 나는 발성을 가다듬었고 물도 충분히 마셨다. 방음이 잘되는 차 안에서 하는 방법도 있다고 했지만 육아 중인 나에게는 불가능한 일이라 생각했다. 그래서 창문을 닫고 문을 꼭 닫았다. 처음에는 한 번에 녹음할 수 있을 것 같았다. 자연스럽게 입을 풀었음에도 신경 써서 말을 하는 것은 내 마음처럼 되지 않았다. 몇 번 하다 보니 '내가 뭐 하고 있나'라는 스스로에게 한심한 생각이 들었다. 한심한 기분이 들게 두어서는 안 되었다. 그래서 그냥 자연스럽게 되는대로 하자고 생각하고 다시 녹음했다. 그래서 어느 정도로 녹음을 마쳤다. 이렇게 특별한 장비를 갖추지 않아도 흉내 정도는 충분히 만들 수 있었다. 시작과 마무리에 음악을 담으면 더 그럴듯할 것 같았다. 그래서 무료음악을 골라 듣고 몇 개를 다운받았다. 내 목소리를 내가 들으면서 편집하고 그렇게 나를 위한 오디오클립이 아주 특별하고 소중하게 느껴졌다. 그리고 운영을 한다며 매주 하나씩 올려 보았다. 기획과 멘트를 작성하는 일은 글쓰기와는 또 달랐다. 하지만 그런 내 마음의 말이 세상과 단절된 것 같은 벽을 뚫어내고 들려왔다. 그때의 흔들리는 나를 스스로 붙잡으려는 목소리의 떨림까지도 나는 꺼내 들을 수 있었다.

나는 거울 앞에서 너무 많은 시간을 보냈다. 내가 아닌 다른 사람이 보는 나에 맞추고 있어 그렇게 긴 시간이 필요했는지 모르겠다. 그런 나도 둘째 늦둥이 육아를 하느라 거울조차 볼 여유가 없었다. 거울은 없지만 나를 보게 되는 시간은 더 늘었다. 하지만 진짜 나를 보는 거울은 애쓰고 또 애쓰고 보는 것이 아니었다.

5

선택 받은 자와 선택한 자의 행복

사람은 누군가에게 영향을 미치는 삶이 되고 싶어 한다. 남들이 보기에 더 가치 있어 보이고 나를 알아봐 주면 좋기에 더 애를 쓰고 슈퍼존재감을 내뿜는 것이다. 이런 존재감은 심지어 누군가의 선택을 결정하기도 하고, 그런 선택의 영향을 주는 권한으로 돈을 벌 수도 있다.

아이를 낳기 전부터 산후조리원에 대한 선택을 고민했다. 나 역시 기본적으로 인터넷 정보를 뒤지고 가격까지 탐색을 했다. 아이러니한 상황이지만 나랑 맞는지를 알려면 다른 사람이랑 맞는지 판단해 놓은 것에 의존해야 한다. 대부분의 조리원은 일단 위생과 감염관리 때문에 부부 외에 다른 외부인을 일절통제하고 있었다. 그런데 큰딸아이는 자신도 보호자로 책임이 있다며 엄마의 조리원을 꼭 들어가야 한다고 요구했다. 그래서 큰딸이 자유롭게 들어올 수 있어야 했기 때문에 조리원 선택이 되레 쉬워졌다. '산후조리원에 있을 때가 천국이야.'라는 말로 조리원 이후의 생활에 대한 대대적인 엄포를 예고했다. 무슨 육아 적응 공식처럼 조리원 2주와 산후 도우미 3주에 모든 것을 능숙하게 할 줄 알아야 했다. 하지만 어림도 없는 소리다. 애기 하나 돌보는 데 지쳐서 나를 돌볼 시간조차 나지 않았다. 육아에 적응이 아니라 육아에 매달리는 신세가 되고 만다. 그러니 집에 가면 힘들 테니 조리원에서 실컷 호강을 하고 여기서 호강 받은 이상으로 모성애를 발휘해야 한다는 의미였다. 그러면서 살도 빼고 젖도 잘 먹여야 모성과 여성성이 동시에 회복되고 발휘되는 상태가 요즘 엄마였다. 백일쯤 지나서 늦둥이의 건강검진 때 만난 소아과 의사가 나에게 안부를 물었다. 처음보다 조금 나아지지 않았냐고 말했다. 나는 잘은 모르겠지만 늦둥이 생활 리듬에 맞춰져서 조금은 덜 피곤하다고 했다. 그런데 그 의사는 덜 피곤한 것이 아니라 피곤함에 익숙한 것이 당연한 엄마 노릇이라며 실없이 웃어주었다.

우스갯소리로 둘째는 이유식이 없다고 한다. 매번 자신의 아이는 다를 것이라는 착각에서 벗어나고 나서야 좀 더 쿨한 육아를 시작하기 때문이다. 변함없는 사실은 아이가 클 만큼의 절대적 시간이 필요하다는 것뿐이다. 엄마가 최선을 다한 다고 아이가 최상으로 자라는 것은 결코 아니다. 시간이 지나 야 아이도 자신을 어떻게 키워줬으면 하는 것을 깨닫지만 결 코 돌아갈 수 없는 길이다. 키우는 동안 엄마가 행복해야 아 이도 행복하다는 것을 빨리 알아차려야 한다. 시간이 키워주 는 아이야말로 감정을 먹고 자라기 때문에 말 못 하는 아이 때일수록 오감으로 상대의 감정을 더 잘 알아차린다.

육아가 첫 번째 일이고 이 순간 최선을 다해야 한다면 다른 일은 그냥 너무 잘 하려고 하지 말아야 된다. 그런 연장선에 서 육아 역시도 엄마가 너무 잘하려고 해도 그걸 아이가 알아 주는 것이 결코 아니다. 그런 상황이 내 아이를 더 사랑하는 지 잣대가 되지 않는다. 가만 생각해보자. 당신을 키운 엄마가 당신에게 너무 매달리는 것을 자신은 어떻게 생각하는가? 자 신의 엄마만 생각하면 눈물이 나는 그런 엄마가 되는 것을 나 는 결코 원하지 않는다. 대신 엄마 자신의 인생을 너무 멋지 게 살아 본받을 만한 사람으로 내 기억에 남아주기를 바란다. 그리고 보면 아이를 크게 키우고 싶다면 엄마의 크기가 달라 져야 한다. 큰 딸아이가 유치원을 졸업할 때쯤이었다. 졸업을 위해 유치원에서 행사를 준비하면서 아이들에게 장래에 무엇 이 되겠다고 다짐을 하는 영상촬영을 준비하고 있었다. 나는 큰딸아이의 꿈이 이번에는 또 어떤 것으로 바뀌어 있을지가 궁금했다. 그런데 적잖이 놀랐다. 유치원 선생님과 통화를 하면서 큰딸아이의 꿈을 전해 들었다. 자신은 커서 대통령이 되겠다는 것이었다. 내 귀를 의심했다. 왜 그런 꿈을 꾸게 되었는지 나는 짐작이 가지 않았다. 요즘 아이들이 가수나 연예인, 스포츠 선수가 꿈이라고 하는데 선생님마저도 바로 앞에서 듣고도 자신의 귀를 의심했다고 했다. 나는 아무렇지 않은 척은 했지만 이 후로 생각이 많아졌다. 우선 큰딸아이가 왜 그런 생각을 하게 되었고 꿈으로 가지게 된 과정이 궁금하고 놀라서 한쪽이 체한 거 같았다. 지금도 그 이유가 명확하게 기억나지 않는다. 때에 따라서는 이유가 그렇게 중요하지 않을 때도 있다. 그저 그런 생각에까지 닿았다는 사실이 놀라울 뿐이었다. 놀란 가슴을 진정시키고 되돌아보면 하루하루 커가는 큰딸아이는 자신이 세상을 보는 눈도 조금씩 성장하고 있었다. 그 속에서 자신이 원하는 세상만큼 더 크게 활짝 살아가기를 희망하는 것처럼 말이다.

아이를 키우며 사회 활동을 하는 것은 언제나 쫓기는 삶이었다. 사회 속에서는 가정이라는 것에 쫓기고 가정에서는 사회의 수많은 관계 속에서 쫓기기 마련이다. 철저히 계획하고 실행을 하여도 아이가 아플 수도, 뜻하지 않게 여러 돌발 변수가 발생하기도 했다. 그럴 때마다 나는 헤쳐나갔다. 대신 절대 아이로 인한 돌발 변수는 내색하지 않았다.

나는 식구들이 일어나기 전에 정갈한 집안 분위기를 만들고
싶었다. 그러기 위해서는 모두 잠든 후에 우렁각시를 하거나
모두 깨기 전에 정리해 놓아야 마음이 편했다. 사실 내가 그
런 상태가 좋았기 때문에 더 그렇게 길들였을 수도 있다. 이
런 완벽한 아침이지만 어떤 날은 거뜬했던 아침이 그렇게 무
거울 수가 없었다. 무거운 몸이 무거운 마음을 낳아 하루를
무겁게 시작해 버린다. 제 아무리 성공적인 생활 방정식을 찾
았더라도 여기에 어떤 변수를 넣느냐에 따라 또 어떤 변수가
발생하느냐에 따라 답이 달라질 수 있었다. 특히나 정치를 한
다는 것은 시간을 정해놓고 하거나 일이 정해진 것이 없다.
그러다 보니 그 규칙을 나름 스스로가 정해야 했다. 특히 그
런 불규칙한 생활에서 아이를 누군가가 돌봐주면 다행이다.
하지만 나는 육아에 원칙이 있었다. 자신의 아이는 오롯이 엄
마 자신이 케어할 수 있는 범위여야 한다는 것, 그리고 적어
도 내 아이가 이해하는 수준을 넘어서는 외부활동은 하지 않
는 것이다. 그것은 지극히 당연한 일이었지만 현실은 그 당연
한 것을 가로막는 무언가가 늘 존재했다. 그것이 타인일 수도
있고 내 안에 있을 수도 있었다. 적어도 당연하지는 않았다.
비교적 의사결정을 할 수 있는 정치 하는 여자에게도 그것은
벽으로 존재했다. 그래서 유급 육아휴직을 늘리고 아빠와 엄
마가 육아휴직을 함께 쓰도록 장려하는 제도가 갖추어졌지만.
그 제도는 온전히 활용하지 못했다. 그도 그럴 것이 주변에

육아휴직을 갔다가 복귀하는 여성은 생각보다 절반을 넘지 못했다. 또 육아휴직을 한 남성을 보기란 흔하지 않았다. 이것은 정작 제도보다 그 제도를 실천하는 의지라는 것을 보여준다. 이게 현실의 민낯이다. 이것은 우리나라 남녀평등의 지표가 세계 최하위권을 벗어나지 못하는 것을 그대로 보여주는 것과도 통한다. 제도가 단단해지려면 우리의 가치관과 사회적인 합의가 제대로 발현되어야 한다. 남성과 여성 모두를 위한 육아휴직제도와 고용 평등제도는 이것과 맞물려 출산과 육아로 여성의 경력단절 문제를 막고자 하나 운영이 제대로 되지 못하는 것은 뻔한 일이 되는 것이다. 그래서 여성은 아이를 낳으면 돈 한 푼 들이지 않고 불안을 사는 것이 되어버린다. 그래서 용기 있는 엄마들은 전업주부의 길을 스스로 선택한다.

나는 용기도 없었는데 스스로 전업주부의 길을 선택했다. 늦둥이다 보니 기본적인 체력이 16년 전 첫아이를 키울 때와는 완전히 달랐다. 또 딸을 가졌을 때와는 달리 아들을 가지니 거기에서 오는 성적 호르몬 차이가 나와 맞지 않았다. 임신 초기에는 아예 거동이 불편한 정도로 심신이 쇠약해졌고 조금 나아져 대학 강단에 섰을 때는 숨이 차서 말하기조차 힘이 들었다. 그래서 나는 일찌감치 모든 일을 관두기로 결심해버렸다.

그러면서 눈에 들어오는 것은 완벽한 전업주부들이었다. 삶의 공간에 대한 애착과 육아에 대한 무한 사랑으로 포장된 모습들이었다. 그녀들은 좋은 육아 환경을 제공하지 못하는 사회를 비웃기라도 한 듯이 친환경적인 음식과 안전한 공간, 적정 수준의 환경 보호, 철저한 경제 관념으로 자신의 능력을 완벽하게 증명하는 듯 보였다. 하지만 이것은 내 눈에는 너무 양면적으로 보였다. 전업주부인 모습이 마치 자신의 모습 전부 같았다. 오롯이 자신만의 시간으로 채워진 것은 찾아볼 수가 없었다. 엄마의 시간은 언제나 가족에게 내어줘야 할 그래서 당연히 함께 써도 되는 시간처럼 보내고 있었다. 내가 사회라는 조직에 매이지 않는 한 엄마로의 시간은 그저 공짜로 제공해 주어야 되는 것처럼 여기고 있었다. 같은 하루 24시간을 내 의지대로만 다 채우면 안 되는 사람이 바로 엄마였다.

나는 선택을 해야 했다. 나의 시간을 오롯이 가족에게만 내어줄 수는 없었다. 그렇다고 육아를 내팽개치거나 가정을 소홀히 한다는 의미가 아니다. 전문가의 도움을 받을 수 있는 부분을 적극 활용하는 것이다. 재료를 다듬고 자르고 조리까지는 반찬 전문가에게 맡기고 배달이 온 음식을 식탁에 정갈하게 집밥처럼 세팅하는 것은 나의 몫으로 두었다. 사실 음식에 대한 애착이 많은 나지만 요리만큼은 가심비를 택했다. 요리 노동에 줄어든 시간만큼 나는 늦둥이에게 더 많은 책을 읽어주고 놀아줄 수 있는 여유로운 마음이 생겼다. 청소 역시 나는 위생과 청결에 대한 내 심리적인 압박부터 해결해야 했다. 나는 집 먼지 알레르기까지 심한 사람이었다. 그래서 누구보다 정갈한 환경이 절박한 사람이었다. 아이가 움직이는 곳곳에 먼지를 견디지 못해서 먼지 테이프를 따라다니면서 붙이고 있는 내 모습이 병같이 느껴졌다. 아무리 청소를 해도 그병이 완치되지 않았다. 나는 서둘러 전문가를 불렀다. 일주일에 한두 번 청소전문가를 부르고 청소된 모습을 보니 그나마 내 모습이 병처럼 느껴지지는 않았다. 이렇게 엄마로의 역할과 책임을 나 스스로 선택하고 나니 나는 훨씬 선택받은 사람처럼 느껴졌다.

나는 바꿔야 하는 것과 지켜야 하는 것도 잊지 않는다. 내가 엄마라는 자리를 바꿔 가면서 지켜야 할 것은 없다. 그리고 엄마인 나의 자리를 잘 지키기 위해서 나를 바꿔 가야 한다. '함께 가고, 각자 즐기고, 외로울 때 함께'라는 다시 아이를 키우면서도 변하지 않을 나의 마음이다.

6

워라벨? 육라벨? 그런 것은 없다

육아에서는 아무도 특별하지 않았다. 정치를 하는 여자도 엄마가 되고 나면 똑같은 고민을 해야 했다. 육아와 나의 일 사이에서 또다시 멈칫해야 하는 순간이었다. 뻔한 스토리지만 육아 때문에 배려인지 차별인지 알 수 없는 유리 속에 갇혀 있는 느낌을 지울 수 없었다. 나는 육아로 한정된 시간 속에서 사회와 네트워킹을 해야 하니 똥줄을 타는 쪽은 언제나 나였다. 그런 느낌이 싫어서 그저 안 그런 척, 괜찮은 척 나를 달래야 했다. 일과 육아, 육아와 자신 사이에서의 고민은 다시 해도, 정치했던 엄마도 별수 없었다.

그런데도 내가 다시 낳겠다고 결심할 수 있었던 것은 육아를 온전히 몰입하고도 다시 나는 나설 수 있다는 자신감 하나였다. 첫째를 기르고 다시 사회로 복귀했던 경험이 있었기 때문에 늦둥이 출산으로 인한 두려움도 그저 그렇게 여길 수 있었다. 사실 두려움을 내가 이렇게 저렇게 규정한다고 없어지는 것은 아니기 때문이다.

매일 아침 6시면 완벽한 엄마가 되고 싶었다. 온갖 채소로 볶고, 멸치를 숨겨 주먹밥을 만들어 아침을 준비했다. 시래기 국물과 함께 곁들이면 비교적 잘 넘어 갈 듯한데 고민에 빠졌다. 다음 날 아침 메뉴로 시래기 국밥을 생각해 두었는데 메뉴 하나가 사라질까 두려워서 국은 없는 것으로 했다. 아침을 내어놓고 그제야 큰딸 아이를 깨워서 식탁 앞으로 불렀다. 바로 이때가 내가 머리 속으로 그리는 엄마가 되는 순간이었다. 반쯤 잠긴 눈을 하고는 입속으로 밥이 들어가면 나는 안도감으로 책임감의 절반이 날아갔다. 그제야 나의 다음 일정이 생각나기 시작했다. 시계를 보면서 내가 나갈 준비를 위한 시간을 계산해본다. 아이가 집을 나서는 시각부터 어림잡아 씻는 데 15분, 머리 말리고 화장하는 데 10분, 옷 입는 데 5분 아직 시간 여유가 있으니 식탁 앞에서 아이와의 대화에 집중하기로 했다. 다시 내가 생각하는 엄마가 되는 순간이었다. "오늘 별일 없어? 스케줄은? 마치고 바로 집에 올 거야?" 하고 매일 매번 비슷한 질문을 하지만 아이는 자신의 스케줄을 기억하며 나에게 확인시켜 주었다.

항상 내가 그리는 어떤 이상적인 엄마의 모습만 되고 싶었다. 한 순간도 나를 엄마로 만들어주는 아이에게 어떤 엄마가 필요한지 의견을 물어본 적이 없었다. 그저 최선을 다하겠노라 나의 머릿속에 정의된 엄마로만 살아내려고 했다. 그저 내가 생각하는 엄마라는 자리에 얽매여서 자기 성찰만 미덕인 양 그런 엄마로 길들었다. 하지만 '나는 누구인가?'라는 되풀이되는 해묵은 질문에도 이 자리를 벗어 나아갈 수 없었다.

나는 딸 하나를 키우는 평범한 엄마 여자 사람이었다. 그러던 어느 날 갑자기 바로 아래 16년 차이가 나는 늦둥이 아들이 생겼다. 육아를 시작하고 아이를 키워 가는 일은 여전히 수많은 문이 있는 미로를 통과하는 것과 같았다. 하나의 문을 열면 100개의 새로운 문이 나타났다. 그때부터 진지하게 미래에 대해 고민하게 되었다. 이 아이를 어떻게 키워야 할까? 정말 예상치 못한 막막한 미래였지만 그때부터 난 엄청난 힘을 얻게 되었다. 힘이란 표현 말고는 다른 말을 찾기가 마땅하지 않았다. 미래를 준비하는 것은 나 자신만의 일은 아닐 테지만 미래를 준비하는 것만으로도 나의 삶은 아주 드라마틱하게 변화될 수 있었다.

엄마 자신은 모르지만 아이는 자신의 엄마를 매일 구독한다. 그래서 엄마가 된다는 것은 자신이 하나의 구독 모델이 되는 것과 같다. 요즘 구독 경제가 이슈화 되면서 단순한 사업 모델로 생각하기 쉽지만, 구독은 습관이고, 구독하는 사람의 입장에서는 삶을 바꾸는 반복되는 선택인 것이다. 그런 의미에서 넷플릭스를 구독한다는 건 평범한 일상에서 무엇인가를 보고 싶어 하는 즐거움을 만드는 일이고, 아침마다 배달되는 채소 주스를 먹는 건 내 몸을 더 건강하고 활기차게 만들어 일상의 활력을 더하겠다는 다짐인 것이다. 매일 엄마를 구독하는 아이는 엄마를 통해 다양한 것을 보고 싶고 즐기고 싶어 하는 아이 성장의 통로를 지나는 것이다. 그리고 육아는 일시적 유행을 따르는 것과 세상이 다 변해도 절대 변하지 않는 것의 중간쯤에 있는 가느다란 선 위를 걷는 것과 같다. 그래서 아이는 직선으로 자라는 것이 아니고 미로처럼 커간다. 이 미로를 통과하면서 아이는 때때로 멈춰서 자신이 어디에 있는지를 확인해야 했다. 잘못된 곳에 있다면 발길을 돌려야 할 때도 있었다. 동시에 새로운 가능성을 발견했다면 그곳을 탐색해보는 것도 좋을 것이다. 경험은 더 많은 경험을 부르고, 진행할수록 더 많이 배우게 된다.

나는 두 아이를 다 계획을 하고 가진 것이 아니다. 사랑이 계획하고 되는 것이 아니듯 비슷한 이치라면 결이 같을까? 그저 내가 생각하는 인생의 계획은 정말 계획대로 되지 않는다는 것이다. 그래서 애초에 어떤 계획을 세우는 것을 진지하게 하지 않는다. 그렇다고 계획이 진지하지 않다고 실행이 가벼울 수 없다. 완전히 다른 문제이기 때문이다. 머릿속의 진지함이야말로 가식 덩어리다. 진지는 몰입의 순간이고 몰입이란 미처 인지하기도 어려운 순간부터 시작되기 때문이다. 그래서 나는 인생은 직선이 아니라고 느꼈다. 우리는 인생도 미로처럼 살고 있다. 그 미로 속에서 계획대로 직선만 보고 달리는 것은 어쩌면 자신이 자신을 너무나 가혹하게 만드는 것이다. 흔히 계획을 세우는 순간부터 계획대로 되지 못하는 것을 염려하게 만드는 첫 번째 막힌 길이 아닐까?

아이를 잘 키운다는 것은 희망을 잃지 않는 것이다. 사실 희망을 잃지 않는다는 것은 대단히 어려운 일이다. 왜냐면 내가 진정으로 가치 있는 일을 하고 있다면 언젠가는 반드시 절망의 벼랑으로 내몰려질 것이기 때문이다. 오롯이 그것을 견뎌내야 한다고 다짐을 했다.

다짐은 다 짐이 될 뿐이었다. 매번 나를 붙잡아 두는 것은 다짐들이었다. 매일 아침신문에서 나중에 꼭 다시 읽어봐야지 하고 접어둔 사설은 결국 다 짐이 되었다. 괜찮은 글을 발견하고 톡으로 링크를 걸어두었던 블로그 주소, 집에 가서 읽으려고 서점에서 한두 권 사두었던 책도 다 짐으로 느껴졌다. 내 시선을 한 눈에 잡았던 쇼호스트의 그 물건은 박스 채로

다 짐이 되어있었다. 장바구니에 담아두었던 쇼핑의 목록들, 내 감성이 실려 있을 법한 남의 사진을 캡쳐해서 저장해둔 핸드폰 속 사진첩, 나에게 무례하게 했던 사람에게 원한을 꼭 갚겠다고 한 다짐 모두 내가 닿지 못하는 내 머릿속 어디론가 달아나 버릴까 싶어 꼭 담아두었던 것들이다. 담는 그 순간 다시 읽겠다고 마음먹었고, 사겠다고 결심했으며, 보겠다고 기억했고, 절대로 잊지 않겠다고 다짐을 했었다. 하지만 또 어김없이 모니터의 내 눈을 사로잡는 새 옷이 내 장바구니에 담긴다. 블로그의 다른 글이 내 카톡에 담긴다. 새해마다 어김없는 새로운 목표가 내 의지를 매번 불태운다. 불쑥 무례하게 굴었던 그 관계의 감정들로 내 마음이 순식간에 휘둘린다. 언제 그 짐을 내려놓을 수 있을지 다시 담아두지 말자고 또 다짐을 해본다. 하지만 그 마음과 그 결심과 그 기억과 그 다짐은 모조리 보기 좋게 다 짐이 되어버리고 말았다. 사고 싶은 목록들이 쌓여서 다 살 수 없는 지경이 되었고 그중에서 고르는 것은 그야말로 골머리를 앓아야 할 정도로 곤욕이었다. 걸어두었던 링크 속 그 글과 사진은 도무지 처음 느꼈던 느낌이 어떤 것인지 알 도리가 없었다. 예기치 않고 불쑥 휘몰아치는 그 관계로 인해 진흙탕 속으로 빨려 들어가는 기분은 여전히 나 혼자 감내해 가야만 하는 것들이었다. 현재 지금 할 수 없는 것들에 미련을 두는 것이야말로 자신의 갉아먹고 나의 발목을 잡아 앞으로 나아가게 하지 못하는 것이다. 행복도 지금 행복해야 한다. 지금 행복하기 위한 일들을 해야한다. 슬픔도 지금 슬퍼하면 된다. 그때 그 말을 해야 했는데 하고 밀려드는 후회와 미련은 누군가에게 털어놓아도 온전히 후련할 수는 없다. 속절없는 짓이 몇 번 되풀이되고 나면 어느새 초연해질 수 있다.

가끔 나무 사이로 들리는 소리에 고개를 들어보면 새들이 허공에 지저귀는 소리를 들을 수 있다. 그리고는 미련도 주저함도 없이 날아가 버리는 새들을 보며 나는 대신 홀가분함을 느낀다. 그리고 그 한없이 가벼운 자유를 꿈꾼다. 아마 새들은 담아둘 주머니가 없어서일지도 모른다. 자유롭고 싶으면, 행복하고 싶으면 주머니가 없어야 한다. 담아둘 곳을, 담아둘 것을 만들지 않아야 한다. 크게 한숨 들이키고 쿨하게 넘길 수 있는 두둑한 배짱을 부려야 한다.

ㄱ

엄마의 자기관리

엄마가 되면 뭐라도 될 줄 알았다. 그러나 그저 막막한 여자의 또 다른 이름이 될 뿐이었다. 생활도 일도 관계도 엄마가 되고 나면 다 달라졌다. 어쩌면 엄마란 달라진 나를 끝내 사랑하는 일로 남는 것이 아닐까? 드라마틱한 사건이나 갈등은 없었다. 그래서 힘들고 불안하며 내가 잘 하고 있나 의심스러워졌다. 조바심 내지 않아도 되는 일상의 엄마로 맡겨진 역할에 대한 자존심이 되어야 했다.

하지만 나는 나도 놓치고 싶지 않았다. 온통 육아 얘기와 가정사 얘기만 하는 주변 엄마들 사이에서 '아직 내 꿈이 있다'고 말하고 싶었다. 나는 엄마지만 아이가 크는 만큼 나 자신도 더 크고 싶은 아직도 성장하기를 바라는 아이였다. 아이를 키우면서도 그 이후에 무엇을 할지 고민하고 육아 말고 내가 마음 쏟을 수 있는 것을 언제나 찾아 나서고 싶어 했다. 그래서 엄마 자리에만 있기보다는 여러 자리를 찾고 없으면 내가 만들자고 마음을 먹었다. 그래서 내가 성장하는 답을 내가 만들어내야 하는 지금을 즐길 수밖에 없었다.

나는 육아와 코로나가 감사해지기 시작했다. 세상이 아주 빨리 변했고 코로나 팬데믹이 그것을 더욱 부채질했다. 그래서 지금 시대를 내 편으로 만들기 위해서는 두 눈을 부릅떠야 했다. 나라는 사람이 바로 콘텐츠가 되는 시대, 바로 나 자신도 주인공이 될 수 있다는 생각까지 하게 되었다. 바로 다시 엄마 하는 내게 '기회일 수도 있겠다'고 생각했다.

엄마여서 꿈이 없다? 경력이 단절되어 우울하다? 육아가 힘들어 잠시라도 벗어나고 싶다? 문득 이런 감정이 스멀스멀 올라오면 나는 다른 사람의 이야기를 보며 위로받고 있었다. 그래서 나도 누군가에게 그런 사람으로 위로가 되어줄 수 있지는 않을까? 나의 결혼, 나의 육아, 나의 정치 경험이 어쩌면 깜깜한 터널 속에 갇힌 어떤 엄마에게 작은 불빛이 되어줄 수도 있을 것 같았다. 그렇게 마음을 먹고 나니 지금을 다시 엄마자리로 사는 나는 오늘, 지금, 여기에서부터 자기관리를 해야 했다.

나는 그렇게 자기관리를 마음먹었다. 코로나가 시작되고 자연스레 집에 있는 책들, 책장 속에 '날 좀 봐주세요'라고 하는 것 같았다. 그럴 리도 없지만 그런 목소리가 코로나로 들리기 시작한 것이다. 대충 이끌리는 대로 한 권 집어 한두 장 넘겨 읽어보고 넣어두었다. 그러다 마음에 드는 구절이라도 있으면 시간이 허락할 때까지만 읽다 다시 제자리에 두었다. 엄마에게 그렇게 책이라도 보는 짧은 시간이 잠시나마 찌든 일상에서 조금은 여유를 찾은 듯 느껴졌다. 게다가 육아를 하는 동물적인 모습에서 의도적으로 지적이고 이상적인 모습으로 대견하고 만족스러웠다. 스스로 내 자신을 방치하지 않는 것에 조금이나마 위로를 받았다. 사실 읽은 내용이 머릿속에 남아 여운을 주지는 못했다. 머릿속으로 들어간 책은 공기청정기에 빨려 들어가 새 공기로 바로 내뿜어져 나오는 듯했기 때문이다.

정답이 없는 시대에 우리는 정답이 없는 인생을 살고 있다. 그것을 알면서도 지나고 나면 정답이었을 것 같은 것을 아쉬워하며 후회하고 있었다. 세상은 항상 변하고 있었다. 단지 나는 끓는 물 속의 개구리처럼 느끼지 못했을 뿐이었다. 이제는 코로나 팬데믹으로 가속화되어 어쩜 우리가 체감을 할 정도가 되었다. 그러니 변화에 잘 적응하려면 도움이 필요했다. 그것은 다름 아닌 책에서 찾는 것이다. 나의 자기관리는 특별한 방법보다 가장 쉬운 방법에서부터 시작했다. 그럼 그 독서를 어떻게 행동으로 만들까? 나는 책 한 권을 들고 커피를 한 잔을 손에 쥐고 산책을 나선다. 모든 어려움과 힘든 시간을 보낸 이들이 공통으로 극복하기 위한 방법 중 으뜸이었다. 그저 읽고 싶은 순간을 자연스럽게 만들어 나가는 것이다. 우리는 나의 아이가 나보다 더 나은 삶을 살기를 바란다. 그저 소망하고 기도하는 것이 아니라 책을 통하여 그 소망을 실제로 만들면 되었다. 나는 아이가 9시 무렵 잠드는 시간이면 매일 나에게는 좋은 찬스가 생긴다고 생각했다. 나의 시간 스케줄을 점검하고 시간 관리를 다시 했다. 생각보다 핸드폰을 더 하고 있고 생각보다 가사노동에 너무 많은 시간을 낭비하고 있었다. 그리고 그 시간을 아주 작은 목표를 설정해서 성취감을 이어 나가야 했다.

산다는 것은 기억을 만들어가는 것이다. 늘 행복하게 살고 행복한 기억만을 원한다. 그런데 그 기억은 내가 겪은 만큼의 삶 속에서 만들어진다. 내가 겪은 만큼이 내 이야기의 전부라면 난 지금 너무 아쉬운 게 많아진다. 매일의 경험이 오로지 나답게 정리되어야 비로소 기억이 된다. 그래서 지금 내 삶을 어떻게 어떤 이야기로 채워야 할지 고민했다. 그래서인지 사랑하는 것도 많아졌다. 내 현실 속에서 행복감도 찾아야 하기 때문이다. 사실 일상은 지루하고 잔잔한 파도 같아서 거센 파도라도 몰아치기를 은근히 바라게 된다. 그러다가 예고 없이 파도가 때리기라도 하면 지루했던 그 잔잔한 파도를 다시 애타게 찾곤 한다.

나는 시도 때도 없이 내가 안타깝다. 안타깝다는 이 느낌은 손에 닿을 듯 닿지 못하는 그 느낌이다. 안타까운 나는 참 운 좋은 사람이기도 하다. 실제 그렇기도 하지만 그보다 더 중요한 것은 실제와 상관없이 나에 대해 그렇게 믿고 있는 것이다. 실제 내가 운이 좋았던 것은 새로운 일이 생기면 잔잔한 일상에 돌멩이를 던질 줄 알았던 것이다. 그래서 운이 좋았다고 느꼈을 뿐이다. 사실 육아 중에 이런 저런 시도로 전자책을 써보고 오디오클립을 운영해보고 온라인 강의도 하게 되었다. 그것이 운 좋게 내가 책까지 쓰게 되는 기회가 된 것이다. 아이를 위해 살지만 아이만을 위해 살고 싶지는 않았기 때문이었다. 한 순간도 내가 어떤 모습이든 나 자신을 놓치고 싶지 않은 안타까움에서 내 운이 시작되었다. 그래서 앞으로도 나는 계속 운이 좋을 것이다.

내 몸과 내 마음은 연결되어 있다. 나와 내 아이 역시 연결되어 있다. 그래서 엄마 함은 어마한 일이다. 어마어마한 일을 하는 사람들은 자신을 관리해야 한다. 엄마라서 자신을 내려 놓았다는 말은 안 되는 말이다.

나는 늘 궁금하다. 내가 누구인지 궁금하다. 그리고 내가 무엇을 할 때 나다운지 알고 싶다. 알면 알수록 실제 나는 더 미궁 속으로 들어가게 된다. 어떤 날에 이런 모습이 정말 나다웠다가 또 어떤 날에 저런 모습이 나답다고 느낄 때도 있었기 때문이다. 일에서 만큼은 철두철미하게 하고 싶어서 똑 부러질 듯 처리하다 보니 빈틈이 없어 보이고 싶었다. 그러다가 아이에게도 너를 위한다는 말로 철저한 생활과 엄격한 관리를 강요하기도 했다. 하지만 철두철미하다는 말은 확인하고 또 확인하는 습관이 생겨 내가 나를 한마디로 정의하고 속박하려고 한다는 것을 깨달았다. 점점 이것은 나를 옥죄고 있었다. 그것이 나를 속박하기도 해서 어느 순간은 에라 모르겠다고 한없이 풀어지기라도 해야 했다. 나를 정의 내리는 것이 아니라 그저 내 마음이 달려가고 내 능력이 허락되는 대로 정의되어 가게 내버려 두는 것이다. 틀에 나를 맞추려 하지 말고 틀이 만들어지도록 놓아두는 것이다. 지방의원을 하면서 질서를 만든다는 핑계로 자꾸 세상의 틀을 만들어가야 했다. 나 스스로도 그 틀에 나를 넣는 것이 정답이 아니었는데도 불구하고 말이다. 그래서 무엇이 되었든 사람 사는 세상의 틀은 속박하지 않고 더 자유로워지기 위함임을 잊어서는 안 된다.

나는 오류가 많은 사람이다. 더 문제는 그 사실을 나 스스로가 너무 잘 안다는 것이다. 거기에 또 오류가 있다. 오류가 많다는 사실을 알면서도 오류가 쉬이 줄어들지 않는다. 알면서도 잘 안 되어서 그런지 너무나 다혈질적인 성격이다. 쉽게 흥분하고 돌진을 해댄다. 그래서 대책 없이 일을 벌이는 것을 좋아한다. 그런데 대부분은 생각했던 계획대로 흘러가지 않는다. 하지만 이런 대책 없는 돌진이 가능한 이유는 이리저리 재다가 하지 않는 것보다는 결과적으로 의미가 있었기 때문이다. 큰딸이 이런 나의 성격을 지적하다가도 은근 감동적인 한마디를 건넸다. 엄마는 어려워 보이는 일을 쉽게 쉽게 해내는 것처럼 보인다고 말이다. 늦둥이 육아를 하면서 전자책을 써서 온라인상에 팔아보기도 하고 온라인 강의를 개설해서 수강생들과도 교류했다. 오디오클립도 개설해보며 혼자 라디오 디제이 꿈을 이뤄 본다며 으쓱해 했다.

세상에 쉬운 일은 없었다. 남들은 쉽게 쉽게 해나가는 것처럼 보일 뿐이다. 호수 위 도도한 백조의 모습과 반대로 실상은 물속의 발은 쉴 틈이 없이 저어야 하는 꼴이다. 나는 어쩌면 어려운 일도 아무렇지 않게 뚝딱 처리해 보이게 하는 것이 능력 있어 보인다는 착각을 하고 있었던 모양이다. 그래서 쉬운 일은 없었지만 능력이 있어 보이고 싶었는지 모르겠다.

결혼과 육아는 나 자신에게 놀라운 발명과 마찬가지다. 타인에 대한 온전한 이해가 어렵다는 것을 다시 알게 되고 이토록 보잘것없이 태어나지만 어마어마한 성장을 이룬다는 사실도 알게 되었다. 그리고 그 놀라운 발견은 이내 익숙해져 나의 평범한 것이 되고 말 테니 말이다.

제4장

나는 정치도 하는 엄마입니다

꿈은 꾸라고 있는 것

Ⅰ

무한도전급 정치 입문기

정치는 나와는 상관없는 일이었다. 그래서 한때는 정치를 하는 사람들은 아주 다르거나 특별한 사람들만 하는 것으로 생각했다. 적어도 세상사와 인간사를 리드한다는 것, 그리고 한마디씩 훈수 두고 평가하는 것은 대단한 사람이라야 할 수 있다고 여겼다. 그래서 처음부터 내가 정치를 하게 될 줄은 꿈도 꾸지 않았다. 아니 꿈에서 조차 생각하지 않았다. 그도 그럴 것이 실제로 나는 토목공학을 전공해서 대형 토목공사 프로젝트에서 공무로 사회생활을 시작했다. 엔지니어로 공사 계약과 기성관리를 하는 그야말로 노가다판 업무처리를 하는 사람이었다. 그때 당시만 해도 나는 안전모를 쓰고 큰 공사를 관리 감독하는 현장소장이 되는 것이 꿈이었다. 일정대로 공사를 진두지휘하고 계획대로 물량을 처리해 사회기반시스템을

완공해 나가는 것이 내가 안전모를 쓰고 그 일을 하면서도 그렇게 멋있게 느껴질 수가 없었다. 내가 보고 느끼는 것이 세상 전부인 것처럼 꿈도 그 세계에서 만들어지고 있었다.

나는 두 갈래의 길에서 남들이 조금 덜 가는 길을 선택했고 그것이 모든 것을 변하게 했다. 지금도 공학 분야에 그것도 토목과 관련하여 여성들이 진출하기는 쉽지 않다. 그때만 해도 그런 젠더적인 관점은 없었고 그저 나의 적성에 맞는지에 대한 잣대만 있었다. 하지만 사회에 나서면서는 "여자가 토목을…"이라는 말을 자주 듣게 되었다. 그런 말이 조금씩 내 귀에 들리면서부터 용어조차 몰랐던 유리 천장이 보이기 시작했다.

나는 불안하고 불편한 생활을 버텨야 했다. 대학원을 다닐 때 연구실에서의 일이다. 대부분 공학연구실은 크고 작은 프로젝트가 수행되고 있다. 그때 당시만 해도 해당 연구실의 연구원인 석박사들은 논문과 졸업이라는 족쇄로 학교 연구 프로젝트의 값싼 인력으로 쓰이고 있었다. 사실 회사를 잘 다니다 공부하겠다고 결심하고 학생신분을 선택한 나였다. 하지만 등하교가 아닌 회사처럼 일찍 출근하고 더 늦게 퇴근해야 하는 이해가 가지 않는 학교연구실 생활에 애써 적응을 해야 했다. 내가 선택한 길이기 때문에 불만이 있어도 되돌아갈 만큼의 자존심은 남아 있지 않았다. 나는 졸업을 하기 위해 그 연구실 생활을 적응해야 했다. 원래 바로 위 사수가 제일 무서운 법이다. 복학을 하고 한 학번 빠른 선배님과 자주 부딪혔다. 이런 저런 일로 선배 입에서 툭하면 "가스나가 말이야~"라는 말을 들어야 했다. 무엇이 잘못 되었는지 왜 그렇게 하면 안 되는지에 대한 이유는 그저 여자라는 이유뿐이었다. 그래서 그날은 도저히 그 말을 듣고 있을 수 없었다. 나는 "그래서 새끼야~"라고 무의식적인 본능이 받아쳤다. 찰나의 순간에 나를 성차별적인 언어로 짓누르려는 폭력에 본능적 방어 기제가 나와 버린 것이다. 그도 그럴 것이 남자를 비하하는 말로는 그 단어밖에 떠오르지 않았다. 그 전후의 기억은 잘 나지 않는다. 분명한 것은 나에게 그 이후 다들 조금씩 언행을 조심스럽게 하려고 신경 쓰는 것이 느껴졌다. 하지만 그 속에서 관계의 불편함을 감내해야 했다. 이 후로도 나의 연구실 생활은 무엇 하나 평탄하지 않았다.

나는 꿈에서조차 꿈을 꾸지 않았다. 그렇게 당찼던 나는 결혼 후 육아를 하면서 꿈을 생각할 겨를이 없었다. 그렇게 하루하루가 더딘 듯 바쁘게만 흘러갔다. '아이가 돌이 되면 박사과정을 시작해야지'라고 다짐하던 것은 두 돌, 세 돌이 되어도 여의치가 않았다. 하지만 가끔 가슴속 뜨거운 것이 불쑥 치밀어 올랐다. 그럴 때면 책이든 잡지든 손에 잡히는 대로 읽었다. 그러면 그 뜨거운 것이 평안하게 식었다. 그러던 어느 날 신문 한 귀퉁이에서 모집한 '여성리더 1040'이란 교육과정이 새로운 세계로의 첫 시작이었을지 모르겠다. 여성리더 1040은 10대부터 40대까지 여성들에게 리더십 함양을 위한 과정이었다. 짜여진 과정과 강사진 그리고 저렴한 비용까지 나는 충분히 들을 가치가 있다고 생각했다. 그러면서도 아이를 돌보는데 소홀하지 않아야 하는 것도 항상 내 고려 대상이었다. 강의가 거듭될수록 정치, 문화, 사회, 경제의 다양한 분야에 대한 최고의 강사진은 나의 숨어있던 가슴속 뜨거운 것을 자극하기에 충분했다. 그러면서 나는 다시 무엇을 해야겠다는 욕구가 꿈틀대기 시작했다. '석사까지 마쳐 놓고 결국 애만 키워야 하는구나'라고 머물렀던 생각에서 '공부한 것은 다 써먹을 때가 있구나'라고 그제야 공부를 더한 것도 참 잘했다는 생각이 들었다. 그 이후에도 다양한 과정의 교육을 들으면서 당시 여성정책연구소의 사무국장 제의가 들어왔다. 나는 한 치의 망설임도 없었다. 비영리시민단체의 일을 경험해볼 수 있다는 것 외에는 보수나 조건 따위는 내 고려대상도 아니었다. 사실 내 유일한 고려대상인 육아에만 소홀하지 않는다면 어떤 것도 할 자신이 있는 상태였다. 그래서 남편에게도 일주일에 2-3일씩 여성정책연구소에서 사무국장으로 일을 할 것이라고 통보했다. 남편도 일상에 뭐하나 변할 것 없는 상태로 자신의 시간에 일을 해 보겠다 하니 시큰둥한 반응이었지만 나는 아랑곳하지 않았다. 모두가 내 이야기 같았던 여성의 정책개발과 교육과정들이 무모하리만큼 재미가 있었다. 매주 있던 회의시간에 내가 생각하지 못하는 이야기들과 새로 생겨나는 관심거리가 좋았다. 일에 대한 성과 역시 좋았다. 여성가족부에 프로젝트를 기획해서 따내고 여성인력개발센터를 부산시로부터 유치하는 작업을 성공적으로 해냈다. 무엇보다 성취해내는 경험이 쌓이니 나 스스로가 만만해 보이지 않는 것 같아 자신감이 생기기 시작했다.

자신감은 세상을 조금 만만하게 보는 눈을 길러주었다. 여성정책연구소에서 일을 하면서 자주 만나게 되는 사람들이 여성 지방의원들이다. 나이로 치자면 비슷한 또래도 있었고 아주 연배가 있는 의원도 있었다. 하지만 정치인이라는 프레임이 씌워지면 우리는 편견이라는 것이 작동하기 때문에 나와는 다른 사람이라는 착각에 빠져버린다. 하지만 나는 그들과 스스럼없이 이런저런 대화를 나누고 아이디어를 주고받다 여자라서 겪게 되는 아이러니한 상황에 대해 비슷한 생각과 같은 고민을 한다는 것을 쉽게 알 수 있었다. 사람을 알게 되면서 자연스러운 현상이었다. 그러면서 알고나면 별거 아니듯 '나도 저런 일을 하겠는데~'라는 생각이 들기 시작했다. 그러면서 '정치하는 사람이라고 특별한 것은 없구나'라고 생각이 변하고 내가 이어가지 못한 박사과정에 미련이 생기기 시작했다.

나에게 적과 동지는 항상 있었다. 바로 내 아이는 나의 적이자 동시에 동지였다. 외부행사나 일정으로 일과시간 외의 일에 참석을 해야 할 때는 마치 아이가 적처럼 느껴졌다. 적이란 마땅히 물리쳐야만 승리를 하는 것인데 물리칠 수 없는 적도 있다는 것을 아이를 기르며 깨닫게 되었다. 어쩔 수 없을 때는 나는 아이와 동행을 했다. 그렇게도 못 하는 일은 포기를 해야만 했다. 처음에는 하나 놓치는 것이 큰 실수가 될 것 같아 혼자서 마음속에 갈등이 폭발했다. 온종일 이리 재고 저리 재고 고민하기를 반복해도 뾰족한 수가 없었다. 그럴 때는 미련을 가득 두고 마음 불편한 포기를 해야 했다. 나는 꾀를 부렸다. 내가 꼭 참석하고 싶은 일은 내가 큰일 처리해야 되니 시간을 바꿔 달라 정중히 부탁했다. 어떤 때는 통했고 아닐 때는 비로소 나의 포기가 편안해졌다. 아이러니하게도 내가 해결해야 하는 큰일은 바로 아이였지만 다른 큰일이라는 말로 바꾸어 하얀 거짓말이 되었다. 실제 내가 다른 바쁜 일로 참석을 못 하거나 안 하거나 하면 다음 일에 지장이 없었다. 하지만 아이 때문이라고 말하면 다음 일에도 의례 그럴 것이라는 영향을 끼쳐서 내게는 기회조차 주어지지 않았다. 나에게 내 아이에 관한 것은 세상 무엇보다도 가장 큰 일이지만 세상사로 보면 나만큼 내 아이를 크고 소중하게 생각해주는 것은 기대하기 힘들었다. 대신 피하고 싶거나 거절하고 싶은 상황에서 아이가 핑계 삼아질까 봐 스스로 경계해야 했다. 관공서로 평가와 검토를 받기 위해 시청을 드나들 때 나는 아이를 데리고 간 적이 있다. 검토 받는 입장에서 차마 아이를 사무실 안까지 데리고 들어갈 수 없어 문 앞에 아이를 세워두고는 단단히 일렀다. 엄마가 오기 전까지 이 자리에서 절대 멀리 가면 안 된다고 되도록 가만히 대기하고 있어야 한다고 으름장을 놓았다. 여섯 살짜리 내 동지가 문 앞에서 기다리고 있어서인지 일은 아주 빨리 성공적으로 끝이 났다. 기쁘고 홀가분한 마음으로 아이에게 네 덕분에 잘 끝났다고 표현하면 아이는 다음에도 행운이 필요하면 기꺼이 따라가 주겠다고 우쭐해했다. 하지만 아이가 고등학생이 되어 지난 일을 이야기해보면 그때의 나의 감정과는 다른 감정으로 기억하고 있었다. 사실은 낯선 곳이어서 두려움이 상당했던지 아직도 그 일을 무섭게 기억하고 있었다. 하지만 자신은 엄마에게 행운의 동지였다는 것으로 그 두려움을 물리쳤다고 했다.

정치는 나와 관계된 일이기도 했다. 그리고 생각보다 가까이 있기도 했다. 대한민국 시스템에서 정치를 하려면 일단 정당에 가입하여 활동을 하거나 그보다 더 빠른 길은 지역이나 유력정치인의 추천으로 입문하는 것이다. 그런 정치인과 관계하여 입문하기는 쉽지 않다. 나 역시 그런 막강한 정치인과는 사돈에 팔촌을 뒤져도 관계하기 힘든 사람이었다. 그래서 아마 운이라는 것도 무시할 수 없다고 생각한다. 하지만 그 시절 여성정책연구소에서 젊은 아이 엄마가 일하는 것이 꽤 신선한 일이었고 그런 덕목을 높이 평가해주는 정치인이 있다는 것도 소중한 안목이다. 지금도 여성은 정치라는 분야에서 보면 비례대표제라는 여성할당제에도 불구하고 국회의원은 20%를 넘지 못하고 지방의원 역시 30%를 넘지 못하는 실정이다. 그런 상황에서 지역구에 젊은 여성을 공천해 준다는 것은 지역의 국회의원으로서도 자신의 정치적 손익계산을 감내해야 하는 일이었다.

남편은 처음에는 믿지를 않았다. 내가 살고 있던 지역의 국회의원으로부터 기초의원 공천을 받았다는 것을 믿고 싶지 않은 눈치였다. 공천자들과 함께 부부 상견례를 하기 전까지 '너 어떡할래'만 물었다. 그러면서 걱정하는 것은 선거비용이었다. 아직도 선거비용과 관련하면 웃픈 이야기가 생각난다. 지역의 국회의원은 선거하려면 비용이 드는데 나에게 자금은 준비가 되어있냐고 질문을 했다. 나는 어렵게 망설이며 사실은 적금 삼천만 원이 있다고 믿는 구석이 있는 마냥 아주 진지하게 대답했다. 사실 그때 기초의원 선거비용 제한액이 사천오백만원 정도였다. 제대로 믿을 구석도 되지 않는 금액을 가진 처지였지만 그 자신감만큼은 한도를 초과해 버린 것이다. 그렇게 돈

없고 빽 없는 나였지만 기초의회 지역구 의원으로 당선이 되었다.

무모함에는 언제나 대가가 따르기 마련이다. 우리가 말하는 정치인이라는 이상적인 단어와 현실에서 정치인이라는 것은 달라도 너무 달랐다. 소위 지역구의 정당은 그냥 회사와 비슷한 직장 체계였다. 마치 국회의원 밑에 구청장, 그 밑에 시의원, 구의원인 구조로 회사의 전무부터 사원까지의 직급체계와 닮아 있었다. 그도 그럴 것이 정부와 지방의 예산구조가 서로 다 연결되어 있어 상하가 분명해져 있었다. 무엇보다 현실에서는 항상 바른 눈을 가진 유권자만 존재하는 것은 아니었다. 소위 지역의 토박이 여론몰이 세력이 그들의 재력으로 동네의 여론 휘젓기가 가능했다. 밤이면 술과 식사로, 이유 없는 등산모임으로 둔갑해 돈 몇 푼에 정을 팔고 있는 곳이기도 했다. 그런 것을 알 리가 없었던 나는 그들에게는 그야말로 무모한 용기로 불쑥불쑥 다가가 어필하는 불편한 존재였다. 말이 좋아 자원봉사자였지 자원봉사자인 척 하는 분들을 물리쳐야 했다. 그럴수록 나는 상식이 통하지 않는 정치 초짜 취급을 받아야 했다. 더욱 슬픈 것은 이념이 다른 사람은 그저 싫은 사람 취급을 당할 수도 있다는 것을 온몸으로 체득하고 있었다.

나는 엄마 자리도 놓치고 싶지 않았다. 새벽에 나가 선거운동을 하고 다시 집으로 돌아와 아이를 유치원 보내고 다시 선거운동을 하러 가야 했다. 나를 도와주는 선거운동원들도 이런 나와 비슷한 경험을 했던 여성들이어서 잘 이해해 주었다. 물론 이해해주는 사람만 있었던 것은 아니다. 리더로 대단한 해결책을 가지거나 든든한 후원자 하나쯤은 있어야 큰일을 한다고 여겼을 수 있었지만 나는 그렇지 못했다. 그런 기대는 내게 약점도 되었다. 아이를 보면서 어떻게 그런 일을 할 수 있냐는 질책 아닌 질책을 받아야 했다. 그래서 나에게는 큰일이라는 나를 지키기 위한 하얀 거짓말이 더욱 필요했다.

나는 몸서리쳐야 했다. 비단 하얀 거짓말뿐 아니라 내가 미처 알지 못했던 선거라는 세상을 온몸으로 체득하고 있었다. 선거기간 마지막 날 밤12시까지 선거운동을 마치고 남편과 나는 집 앞 호프집 야외 테이블을 마주하고 앉았다. 비로소 만만해 보이던 세상이 처음으로 두렵기 시작했다. 매일 트럭을 타고 도로를 누벼대도 떨쳐내지지 않는 두려움을 배우는 값비싼 경험을 했다. 비록 당선되지 않더라도 나에게는 아름다운 도전이었다고 서로를 위로했다. 하지만 내 예상과 달리 나는 당선이 되었다. 누구에게는 뻔한 결과였다고 하겠지만 그것이 자신이 일이 되는 순간 정말 뻔한 것은 없었다. 정말 저절로 알게 되는 것은 없다. 그런 두려움을 알고도 지금도 나는 가끔 무엇이든 할 수 있을 것 같은 기분이 든다.

2

되는 것도 없고,
안 되는 것도 없는 사람

내 살림처럼 내 가정 돌보듯이 하겠다고 다짐했다. 육천만 원 전세살이로 시작한 내가 오기로 집을 장만하기까지의 각오와 노력이면 잘 해낼 수 있다고 생각했다. 그것은 역시 무모한 다짐이었을까? 정책 사업이라는 꼬리를 달고 해야 할 갖가지 사업들은 언뜻 듣기에는 해도 될 것 같고 안 해도 될 것 같은 일들이었다. 회의 기간만 되면 내 품에 다 안기지도 않을 만큼의 서류들을 검토해야만 했고 그 서류 너머를 볼 줄 알아야 했다. 애를 쓰며 서류 너머를 보려고 밤을 새우기도 했다. 그 너머를 보고 싶은 마음은 비단 서류뿐만 아니었다. 초등학교 교문 너머의 아이 모습도 나는 보려고 애를 써야 했다. 아이가 막 초등학교를 입학하고 등하교를 적응해야 하는 한두 달은 점심시간이 되기도 전에 학교를 마쳤다. 아이 친구의 엄마들이 모두 학교대문에 마중을 나왔는데 내 아이에게 자신의 엄마만 없다는 상실감을 안겨줄 수는 없었다. 그래서 나는 점심을 굶기로 했다. 그리고는 그 시간에 학교 앞 교문에서 반갑게 달려드는 아이를 안아줄 수 있었다. 그렇게 아이와 점심시간을 보내고 나는 다시 의회로 발걸음을 돌렸다. 덕분에 나는 굉장히 바쁜 사람이 되어있었다. 하지만 절대 아이 때문이라고 말하지 않았다. '그럴 거면 애나 보지'라는 말을 무엇보다 듣기 싫었기 때문이었다. 내가 그 말만 하지 않으면 엄마를 뛰어넘어 누구보다 열정적인 여자 사람이 되기 때문이었다. 그런데 참 이상한 일이 있었다. 한 남성 동료는 맞벌이 아내를 위해 자기 아들을 일터로 가끔 데려오곤 했다. 주변에서는 다들 보기보다 가정적이라며 그 남자의 칭찬 일색이었다. 이상하게도 아빠가 육아를 위해 헌신하거나 일터로 아이를 데려오기라도 하면 한순간 능력이 있고 가정적인 아빠로 변모가 되었다. 하지만 엄마는 아이를 일터로 동행하거나 육아에 매달리면 육아도 서툴러 능력이 모자란 것처럼 여긴다는 것이다. 아빠는 육아가 서툴러도 그저 격려를 받았지만 엄마는 완벽해도 본전인 세상이었다. 그러니 엄마들은 기를 쓰고 슈퍼맘이 될 수밖에 없다.

아이의 스케줄은 완벽해야 했다. 학교를 마치면 연달아 방과 후 교실을 들어야했고, 학원을 갔다 와서야 비로소 집으로 돌아올 수 있었다. 다행히도 친구들이 있는 그곳을 아이는 아주 좋아하고 잘 적응했다. 무엇을 배운다는 것보다 그저 돌봐줄 사람이 없는 시간을 즐겁게 지겹지 않게만 보낼 수 있다면 나는 그것으로 만족했다. 가끔 선생님이 사주시는 간식거리가 아이는 엄마에게 할 수 있는 유일한 자랑거리가 되었다. 그럴 때마다 그분은 내게 제일 좋은 선생님이 되어있었다.

끊임없이 사람들을 만나야 했다. 나를 만나러 오지만 사실은 풀어야 하는 숙제를 함께 가지고 오는 것이다. 이런 민원을 잘 해결하는 것이 지역정치인의 역할이기도 했다. 그중 보통은 이리저리 손을 써보다 안 되니 동네 의원의 힘을 빌려 해결해 볼 심산의 민원이다. 애초부터 제도권의 상식으로 해결할 수 없는 일이 되자 세상 억울한 일인 양 포장을 하고 나타났다. 내 앞에 나타난 일은 내 힘으로라도 해결할 수 있기를 바라며 '신경 써보겠습니다.' 그리고 '열심히 해보겠습니다.' 라고 대답을 했다. 그리고 전후 맥락을 살펴보면 여기까지 오게 된 사연이 드러났다. 하지만 사연이 어찌 되었든 간에 불법적인 일이 아니면 나는 그런 일에도 최선을 다해야 했다.

나는 의욕이 앞서고 꽤 열정적이었다. 남몰래 민원 현장을 방문해서 이리저리 머리를 굴려보기도 하고 내가 미처 파악하지 못하는 동네일에는 죄책감마저 들었다. 장마가 지면 지는 대로 걱정되고 눈이라도 오면 동네순찰이라도 돌아야 할 정도로 안절부절못했다. 몰래 현장을 확인하고 싶은 욕심에 나는 모자를 눌러쓰고 이리저리 둘러보고 있었다. 어슬렁거리던 나를 가게 안에서부터 한참 유심히 살폈는지 대뜸 나오셔서 빤히 쳐다보셨다. 나를 쳐다보는 시선을 알아차리고 발걸음을 돌리는데 기어이 아는 체를 하셨다. 이런 내 모습을 확인한 것이 벌써 두 번째라며 나를 앞에 두고 칭찬을 하셨다. 낯 뜨거워 빨리 자리를 떠야했지만 그분은 동네에서 나의 홍보대사를 자청하셨다. 이렇게 발품을 팔고 노력을 해도 지역의 민원

민화로 그린 우리 동네

을 해결하는 것은 약을 먹으면 7일, 약을 먹지 않으면 일주일을 앓아야 하는 감기약 처방전 같았다. 그래도 나는 내가 하겠다고 공약을 한 일은 무슨 일이 있어도 해냈다. 누구 하나 뭐라고 하는 사람이 없어도 나는 나와의 약속을 지키고 싶었다. 그래서 그런 일은 항상 확인하고 손수 점검을

해 나갔다. 다행히 매니페스토실천본부는 그런 의원의 역량을 정량적, 정성적으로 평가를 해주었다. 3년 연속 상을 받으며 나 스스로 지독하리만큼 이 일에 대한 자부심과 긍지를 느껴 가고 있었다. 그렇게 되는 것도 없고 그렇다고 안 되는 것도 없는 의원 생활에 최선을 다고 있었다.

나는 하이힐을 너무 좋아했다. 그래서 되레 힐에서 내려오는 게 어색할 정도였다. 힐을 신고 있으면 허리를 꼿꼿이 펼수밖에 없거니와 자연스럽게 작은 체구가 만회되고 당당한 느낌마저 들었다. 그러다 보니 힐 안의 제 발이 아픈 줄도 모르고 신고 다녔다. 어느 날은 엄지발가락이 이상하게 붓기까지 했다. 그런데 발이 부어 꽉 끼는 느낌이 점점 심해져 갔다. 그럴 수도 있다고 대수롭지 않게 생각하고 조금 있으면 나아질 줄 알았다. 그런데 생각보다 통증은 심해지고 있었다. 발에 열감이 느껴지고 나중에는 도저히 신발에 발이 들어가지 않을 정도가 되었다. 그 정도가 되어서야 나는 안 되겠다 싶어 제발로 동네 의원을 찾아갔다. 항생제를 맞고 견딜 수 있을 것같았다. 그리고 며칠이 지났을까 발에서 시작된 통증이 이제는 온몸으로 퍼져 몸살처럼 아파져 왔다. 이제는 그 발로는 땅조차 디딜 수 없었다. 나는 그때야 큰 병원으로 가서 이상한 발의 통증이 낫지 않는 이유를 찾았다. 의사는 당장 입원을 권유할 정도로 몸 안의 염증 수치가 높다고 했다. 내 발에서 시작된 염증이 발가락의 뼈까지 위협하고 온몸으로 퍼져가고 있었다. 예고도 없이 그날 바로 입원을 해야했고 염증 제거 수술을 잡아야 했다. 차가운 수술실로 들어가며 잔뜩 겁먹은 나를 의사는 눈치를 챘다. 발을 씻어주는 의사를 만나서 호사를 누린다고 생각하라는 젊은 의사의 농담은 위로와 안심이 되었다. 그렇게 수술을 하면서도 그때까지 이를 악물고 기를 쓰고 견뎌냈던 나 자신을 알아차리지 못했다. 수술이 끝나고 그제야 내 발과 내 몸이 시키는 대로 휴식을 취할 수 있었다. 강제 휴식이지만 지칠 대로 지친 나의 몸은 이겨내기 위해 계속 잠을 청했다. 다행히 이틀을 넘기며 염증 수치가 떨어졌지만 안정권에 들기까지 더 입원하라는 의사의 권유가 있었다. 나는 며칠을 더 누워있어야만 했다. 겉모습은 멀쩡하니 회복이 되고 있는 것인지 안 되고 있는 것인지 나조차 알 수 없었다. 그때도 무엇이 그토록 나를 불안하게 만들었던 것인지 나는 계속 일을 해야 한다는 중압감에 사로잡혀 있었다. 그 마음은 제 몸이 아프고 회복되는 것을 무감각하게 만들었다. 퇴원을 말리는 의사를 내가 되레 안심시켰다. 사실 누구하나 뭐라 할 사람도 없었다. 그렇지만 나에게 정치 그리고 의정활동은 아픈 자리를 박차고 나올 정도의 책임감을 가지고 있었다. 나를 그 책임감과 자부심으로 옭아매며 제 몸 사리지 않고 잘해내고 싶었던 것이다.

정치를 왜하냐고 묻곤 한다. 나는 내가 행복하기 위해 정치

한다고 말한다. 내가 행복하기 위해서는 나만을 위해 살아가는 데 집중해야 한다고 생각한 적이 있다. 그런데 아이를 낳고 기르면서 변해버렸다. 아이가 길을 걷고 싶어 하면서 그 작은 발이 닿는 길바닥이 고르고 깨끗했으면 하고 바라게 되었다. 아이도 타인에 대한 관심이 생기면서 다른 사람을 호기심 어리게 보면 가벼운 묵례 정도는 하는 예의 있는 사람이 되었으면 했다. 바로 내 주변을 돌아보는 관심이 아이를 통해 생겨났다. 그래서 엄마가 되면 이제까지와는 전혀 다른 내 모습을 알게 된다. 내가 행복하기 위해서는 나만 행복해서는 되지 않았다. 잠시 동안은 내가 행복한 것이 전부일 수도 있었다. 하지만 진짜 내가 행복하기 위해서는 나를 둘러싼 모든 것들이 행복해야 가능하다는 것을 알아버렸다.

엄마인 나는 아이가 행복하면 절로 행복해지기도 했다. 그 아이가 행복하기 위해 아이는 자신의 친구나 학교와의 관계들이 행복할 때 가능했다. 그리고 남편이 행복하면 아내인 나도 덩달아 행복해졌다. 남편은 사회에서 만난 사람들과 행복한 일이 생기면 좋아했고 거래처와 일이 잘 되면 행복해 했다. 그 관계되는 사람들 역시 자신들이 행복하면 그 기운이 묻어나 나에게도 행복의 씨앗을 뿌려주었다. 또 옆집이 행복하게 인사해주면 나도 행복한 인사가 절로 나왔다. 그렇게 결국 누구나 자신이 행복한 것 너머가 행복해야 했다. 정치는 바로 우리가 행복할 수 있는 것을 고민하는 일이었다. 그래서 내가 정치를 할 수 있었던 것도 바로 그런 이유였다. 함께 행복할 수 있는 일을 고민하는 것, 결국 내가 더 행복하기 위해 정치를 하고 있었던 것이다. 그래서 정치가 힘들고 일이 어려울수록 내 주위가 조금 더 행복해지고 그런 나도 행복해졌다.

누구나 정치를 하고 싶어 한다. 내가 이렇게 단언할 수 있는 이유가 몇 가지 있다. 사회적으로 어느 정도 안정이 되면 그 욕구는 더 강해지게 된다. 그런데도 주변에서 정치를 싫어한다거나 관심이 없다고 하는 것은 무엇일까? 가장 큰 이유는 나는 그저 외면이라 생각한다. 인스타에 나오는 사진으로 보이는 예쁘고 아름다운 사람들을 보면서 부러워한다. 부러움의 끝자락에는 나도 예쁘고 아름답고 싶다는 욕망이 묻어있다. 정치도 같은 이유이다. 흔히 내가 해도 이것보다 잘하겠다고 하는 식의 푸념들 말이다. 하지만 그것을 혐오나 아예 무관심하게 바라보는 이유는 도대체 어디서부터 접근을 해야 되는지 모르기 때문이다. 예쁘고 아름답고 싶으면 운동을 하고 먹는 것을 줄이고 하다 하다 병원에라도 가야 되겠다고 생각한다. 그 욕구를 충족하기 위한 프로세스가 자연스럽게 머리에 그려진다. 하지만 정치는 어디서부터 관심을 가져야 되는지 언제부터 시작되어야 하는지 도무지 종잡을 수 없다고 생각하기 때문이다. 나 역시 이 모든 것을 알고 정치에 입문한 것은 아니다. 오히려 내가 하는 것은 생활 정치라며 흔히 말하는 정치와는 다른 것인 양 생각했다. 나조차도 세상에서 말하는 거창하고 세상을 통째로 흔드는 그런 정치와는 거리를 두고 있었다. 구의원과 시의원을 하면서도, 하는 동안에도 이게 무슨 정치냐고 했다. 단지 생활 주변을 개선하고 한 사람 한 사람 이야기를 들어보고 나와는 다른 시각과 의견에 귀를 기울이는 봉사에 가까운 활동이라며 정치와는 구별하고 있었다.

나는 재래시장에 가는 것을 좋아했다. 어릴 적 엄마 뒤를 졸졸 따라 재래시장을 둘러보고 채소도 보고 생선도 보고 과일도 보는 것이 즐거웠던 기억 때문이었다. 당시 엄마와 함께여서인지 그저 신기한 것이 많아서인지는 확실하지는 않지만 그 어린 나이에도 그곳은 마냥 즐겁고 활기찬 곳이었다. 그 추억 때문에 나를 붙잡고 동네 시장이 죽어가는 이야기와 상인들의 어려움를 함께 나누는 것이 어릴 때 기억이 연장되는 것처럼 재미있었다. 이야기는 재미있지만 삶의 터전은 이야기만큼 재미있는 현실이 아니었다. 갈수록 뒤쳐지고 있는 재래시장 속에서 나와 상인들은 같이 행동하고 해결해 나가야 했다. 하지만 시장의 상인들은 자신이 무엇을 해야 하는지 어떻게 접근해야 하는지를 몰라서 그저 푸념으로 변해버렸다. 하지만 정치는 구원자처럼 일방적으로 해주는 것이 아니다. 여기서 현실의 정치와 사람들이 생각하는 이상적인 정치의 괴리가 생기고 있었다. 구원해 줄 것처럼 말한다거나 구원해 달라고 하는 것은 정치가 아니어야 한다.

정치는 내 편이 아니면 네 편이 되어 있었다. 어제의 내 편은 내일은 네 편이 되어있기도 했다. 하지만 가장 무서운 것은 내 편 안에서의 네 편이다. 기초의원 때 상임위원장 선출의 시기가 도래했다. 2년에 한 번씩 선출되는 그들만의 선거에서 나는 전반기에 다른 여성의원이 역할을 맡았기 때문에 하반기에도 여성의 몫으로 내가 상임위원장을 맡을 생각이었다. 충분히 가능한 정치적인 명분이었고 나는 응당 당연한 차례라 생각했다. 그런데 세상에 당연한 것은 없다. 나는 정치적 노림수가 부족했던 것이다. 나는 보기 좋게 내 편 안에 네 편을 몰랐고, 결국 내 편에서 져 버리고 만 것이었다. 그때까지 내가 생각하는 내 편은 같은 내 편이 아니었다. 그런 것이 바로 정치였고 혐오를 일으키는 씨앗이 되어있었다. 좋은 것에만 씨앗이 있는 것이 아니고 부정의 씨앗에도 싹이 틀 수 있었다. 한마디로 쪽팔렸지만 그렇다고 한없이 쪽팔려 할 수만은 없었다. 어차피 내가 만들 수 있는 편이 아니었기 때문이었다. 그것을 나만 몰랐던 것이다. 그래서 그때는 누구도 나를 쪽팔리게 보지 않았다. 사실 나는 쪽팔려도 다른 사람이 쪽팔리게 보이지 않으면 괜찮아졌기 때문이다. 그래서 나는 더 아무렇지 않게 다시 시작할 수 있었다.

3

삼천 원도 없던 엄마의 비애

끔찍한 기억이지만 2016년 초가을 이야기로 시작해 보려고 한다. 오후에 본회의가 잡힌 날이었다. 그렇다고 늦잠을 잘 수 있는 것은 엄마가 아니다. 나는 어젯밤에 늦게 귀가했고 술도 조금 마셨지만 아이의 아침은 꼭 챙겨야만 했다. 그래서 기상 시간이 되면 자동으로 눈이 떠져 버렸다. 뚝딱 하고 볶음밥을 만들어 계란 하나 먹음직하게 올려 소스를 그럴듯하게 뿌렸다. 오므라이스로 할 걸 그랬다는 생각이 잠시 스쳤다. 며칠 건너뛰고 오므라이스로 아침 메뉴를 정해야겠다고 또 바뀔 수도 있는 마음을 정해버렸다. 그리고 학교 가는 아이를 배웅하고서야 피곤이 다시 몰려 왔다. 어젯밤 감정이 스멀스멀 올라왔다.

아이도 잘 키우고 싶었고 내 일도 잘하고 싶었다. 새벽 6시에 현장을 나갔다 들어와서도 아침밥을 하는 것이 아무렇지 않았다. 모두 잘 해낼 수 있다는 스스로의 확신이 있었다. 아이가 밥 한 그릇 뚝딱 비워주면 나는 엄마로도 잘하고 있다고 확인을 해주는 것 같았다. 일에서도 나는 확신이 있었다. 매년 지방의원을 대상으로 한국매니페스토실천본부에서 의정활동에 대한 평가를 하고 상을 내리고 있었다. 나는 매년 차곡히 나의 지역구 활동을 책임감 있게 해 나갔고 그것을 스스로 확인하고 정리해 3년 연속으로 수상을 할 수 있었다. 뿐만 아니라 조례 등의 입법 활동에도 좋은 평가를 받아 수상을 이어갔다. 내 잠을 줄이고 내 시간을 쪼개서 생활하다 보니 몸무게는 40킬로 언저리에서 헤어나오지 못하고 있었다. 적어도 안 팎으로 내 일 만큼은 잘해내고 있다는 증명서가 되어 주는 것 같았다. 군더더기를 붙일 여유가 없을 정도로 스스로에게 부끄럽지 않게 최선을 다하고 있었기 때문이었다.

마흔이 되면 불혹의 경지에 오른다고 했다. 온갖 세상의 유혹에 본능적으로 이끌렸던 나는 마흔을 기다렸다. 세상일에 정신을 빼앗겨 판단을 흐리는 일이 더 이상 없는 사람이 되고 싶었기 때문이다. 그런데 진짜 내가 그런 나이라고? 그때도 나는 세상일에 너무 정신이 빠져 있었고 그리고 무엇보다 나는 여전히 작은 것에도 한없이 흔들리고 있었기 때문이었다.

내가 마흔이 되었다는 것이 스스로 받아들여지지 않았다. 그래서 조금씩 더 흔들리고 있었는지 모르겠다. 여기저기 마흔이 지나간 사람에게 내가 흔들리는 이유를 찾기 위해 참 많이도 물었다. 내가 세월만 보내 마흔이 되어도 되는지, 흔들리지 않아야 되는 것에 왜 여전히 흔들리고 있는지, 더 흔들리지 않기 위해 어떻게 해야 되는지, 그리고 나만 왜 이렇게 혼란스러운지 도무지 알 수가 없었다.

강렬한 사십춘기를 앓고 있었다. 불혹의 나이가 무엇인지도 모른 채 불혹이 되어있었다. 그래서 혼자 동네 산을 자주 갔던 나는 거칠어진 내 숨소리와 이마의 땀방울로 잠시나마 유일한 위로를 삼고 있었다. 스스로 내 몸이라도 흔들어대야 흔들리는 마음을 간신히 잡을 수 있었다. 그리고 아무렇지 않게 집으로 돌아가야 했다. 흔들릴지언정 엄마로는 흔들리면 안되었다. 그리고 엄마가 흔들리는 모습을 아이들에게 보여주고 싶지는 않았다. 그렇게 간신히 잡았던 마음은 이내 손안에 움켜쥔 모래처럼 빠져나가 버렸다. 그래서 자주 산에 가야 했다. 그러던 중에 내 머릿속에 지워지지 않는 장면 하나를 목격했다.

어느 날 산 중턱을 향해 올라가고 있었을 때, 덩그러니 놓인 정자 아래 혼자 책을 읽고 있는 한 청년의 뒷모습이 눈에 들어왔다. 그는 약국에서 일을 하던 우리 동네 청년회원 중한 명이었다. 인적 드문 산 중턱의 정자에서 혼자 책을 읽고 있는 모습이 반가웠지만 다가갈 수 없었다. 새삼스럽게도 내 마음의 짐이 그의 뒤 어깨 위로도 가득 올려져 있는 것이 보여서 아는 체를 할 수가 없었다. 그런데 그 어깨는 그저 담담히 그것을 짊어지고 순순히 받아들이고 있는 듯한 모습으로 내 눈에 강렬히 남게 되었다.

아무렇지 않게 나는 산을 내려와서 아무렇지 않은 척 일상을 견뎌야 했다. 그런데 며칠이 지났을까 산에서 봤던 그 청년이 영면했다는 문자를 받고서 그 뒷모습이 번뜩 스쳐 갔다. 그는 간암에 걸려서 더 이상 손을 쓸 수 없는 상태였다. 말기 간암인 상태로 담담하게 독서하고 있던 그의 뒷모습은 자기 삶의 무게를 그대로 받아들이고 있는 중이었다. '그 시간을 견뎌내고 있었겠구나. 그랬겠구나.'라는 생각에 내가 흔들리는 티를 더 낼 수 없었다. 그 마음을 감추어야 했다. 하지만 무언가가 필요했고 어딘가에 있어야 했다. 나는 잠시지만 술로 스스로를 위로해야 했다. 참 가여웠다. 술기운에 울 용기라도 나서 한바탕 울고 나면 시원했다.

그날 밤도 혹시나 답을 찾을 수 있을까 했다. 결국 지인의 위로주를 서너 잔 빈속에 털어 넣었다. 저녁을 먹는 내내 이어지던 위로는 나의 나약함을 질책하는 것으로 향하고 있었다. 나는 다시는 아무에게도 티 내지 않겠다고 다짐했다. 그리고 빨리 집으로 돌아가고 싶었다. 대리기사는 가게의 주인이 불러도 도착하겠다는 시간을 40분씩이나 넘기고서야 도착했다. 가시는 곳까지 만원이라며 늦은 것에는 아무 대꾸도 없었다. 나는 신데렐라처럼 엄마로 얼른 돌아가 아무렇지 않고 싶었다. 그 순간을 견딜 수 있는 시간이 촉박했다. 내 지갑에 달랑 들어있는 만 원이 나를 다른 모습으로 바꿔줄 유일한 마법이었다. 지갑 속 혼자 초라해 보이기만 했던 그 만 원은 신데렐라의 호박 마차로 변신했다. 그런데 그곳에는 나만큼 힘들어 하는 한 사람까지 흔들리는 내 어깨까지 내어줘야 할 판이었다. 오늘은 아무 곳에도 내가 기댈 곳이 없었다. 이런 내 마음도 모른 채 늦게 도착한 것을 원망이나 하듯 빨리 가달라고 부탁드렸다. 유난히도 어둡고 춥게 느껴져 가로등 불빛마저 나처럼 무언가를 감추려고 더 빛내고 있는 것처럼 보였다.

차 안에 혼자 남겨진 나에게 대리기사가 대뜸 둘러온 요금을 요구했다. 삼천 원 더 내야 한다고. 이런 요금체계를 모르는 나를 얕잡아 보는 듯 협박하는 말투로 들렸다. 여자인 내가 혼자 차 안에서 남자와 싸움이나 실랑이가 나면 어쩌나 하고 순간 자꾸 끔찍한 생각이 꼬리에 꼬리를 물었다. 그렇다고 순순히 '네 수고가 많으십니다.' 라고만 대꾸할 수 없었다. 삼천 원 때문에 나는 겁부터 났다. 액수를 떠나서 조금 전 출발

할 때 분명 말씀하신 요금과 왜 다른지를 물어야 했다. 그런데 달라진 이유가 내가 여자라서 얕잡아 본 것인지 겁먹지 않은 듯이 물었다. 호박 마차인줄 알았던 지갑의 만 원은 내가 덥석 물어버린 백설 공주에게 준 독이 든 사과였던 것이다. 시커먼 차 안에 덩그러니 남자 대리기사와 여자 손님 한 명이라는 무서운 느낌을 떨칠 수가 없어서 실랑이를 하고 싶지 않았다. 거기서부터 내 두려움을 떨쳐야 했다. 그래서 그냥 경찰을 부르겠다고 했다. 112 신고를 하고 경찰이 오고서야 나는 그나마 무서움을 떨칠 수 있었다. 신원조회를 하고서 도망가는 듯 내빼는 대리기사를 보았다. 나에게 막무가내로 요구부터 하고는 경찰이 오고 나니 내빼는 것이었다.

나는 이상하다며 경찰에게 물었다. 그런데 경찰은 허리에 두 손을 올리고 나를 쏟아지게 내려 보며 되레 대리기사보다 더하게 잔뜩 겁을 주었다. 나는 남자라는 사람들이 여자에게 일단 겁부터 주는 이유에 다시 한번 끔찍한 공포가 밀려왔다. 나는 남자 경찰에게 잔뜩 겁을 먹었지만 안 그런척하며 물었다. 경찰이 왜 나를 윽박지르냐고 묻자 옆에 있던 다른 경찰이 자신의 부하의 잘못된 행동을 제지하며 나에게 미안하다고 했다. 나는 누구와도 싸우고 싶지 않았다. 하지만 경찰이 민원인을 협박하고 겁주는 것에 가만히 있을 수 없었다. 나는 다시 경찰서로 가야 했다. 그 윽박지른 경찰에게 민원을 넣겠다고 했다. 민원실에 앉아서 대리기사에게 당한, 그리고 경찰에게 당한 억울함을 눈물로 항변하고 있었다. 그 상황도 처량했다. 더 눈물이 났다. 민원실에 앉아 있는 여자 경찰은 나에게 고소장과 볼펜을 던져주며 한심해 하고 있었다. 경찰을 고소하시겠다고 당신만 당하고 사는 게 아니라는 반응에 나는 정신을 차려야 했다. 이리 치이고 저리 치인 채로 흐르는 눈물이 나를 흔들어대고 있었다.

경찰법 제3조에 경찰의 임무는 국민의 생명과 신체재산을 보호하고 공공의 안녕과 질서 유지가 임무로 되어있다. 어떻게 되었든 간에 그 경찰은 본연의 임무에 맞지 않은 행동을 했다. 이어 그런 경찰서를 잘 관할하지 못한 윗선에도 책임추궁이 있게 마련이다. 이런 저런 것을 떠나서 경찰의 태도는 바로잡아야 되는 것임에 분명했다. 누군가는 해야 될 일이다. 내가 운 좋게 피한 불합리한 일은 다시 돌고 돌아 당신에게 가는 것이 분명하기 때문이다. 그래서 나는 평소 친분이 있던 서장에게 바로 전화를 걸었다. 왜 경찰이 사람을 윽박지르기부터 해야 하냐고 물었지만 자신의 부하 이야기만 듣고 싶어했다. 그리고는 나에게 더 황당한 이야기를 해댔다. 남편에게 두들겨 맞아서 전화한 것인지 내 안부를 확인하는 척하며 둘러대고 있었다. 그런저런 생각에까지 미치자 세상도 이리저리 흔들리고 있는 것이 보였다. 그러자 불쌍한 나만큼 민원실에 앉아 있는 여자 경찰도 순간 내 눈에는 안쓰러워 보였다. 민원서를 다 쓰고 인사를 꾸뻑하며 수고가 많으시다고 말하고는 돌아섰다. 택시를 타고 그제야 집으로 돌아왔다. 세상이 변하는 데도 아직도 그들은 짭새라고 불리고 있다는 것이 생각났다. 경찰은 누구를 위해 존재하는지 스스로 끊임없이 묻고 고민해야 존재 가치를 인정받을 수 있을 것이다. 내게는 아직도 삼천 원도 바로 잡으려던 엄마의 비애가 계속되고 있다.

다음 날 본회의 중에 나에게 카톡이 왔다. 한 기자가 어제 밤일로 톡을 보냈다. 영문도 모른 채 왜 그러냐고 카톡으로 물었다. 늦은 밤 차안에서 남자 대리기사 하는 말이 협박같이 들려 무서웠고 그래서 경찰의 도움을 받고 싶었다고 했다. 그 기자는 카톡에다 대고 칼로 협박을 했느냐고 그렇지 않은데 왜 무서웠냐고 되물었다. 나는 아차 싶었다. 실제 많은 여자들은 낯선 남자와 엘리베이터만 함께 타도 무서움을 느낄 때가 있다. 하지만 그것을 이해해 달라고 말하는 것은 여자를 애걸하는 것이었다. 통화너머의 목소리로 내가 느낀 어감은 대충 삼천 원 더 달라는 것을 돈 만 원 더 주고 말일을 왜 그렇게까지 했느냐로 들렸다. 잠시 후회가 되기도 했다. 실제로 나도 대부분은 그렇게 하지만 그날의 그 대리기사와 나는 다른 문제가 있었다. 내가 차 안에서 협박받는 듯이 무섭게 느꼈다는 것이 문제였다. 하지만 사람들의 입은 막기 어려운 법이다. 사람들은 가십거리에 흥미를 느낄 뿐 그 의도는 중요하게 생각하지 않기 때문이다. 그래서 그 늦은 밤에 여자가 대리기사와 싸우는 것이 무서워 경찰을 부른 일이 시의원이 대리기사에게 갑질하기 위해 경찰을 부른 일로 되어있었다. 그 일 어디에도 시의원은 없었고 갑질 역시 없었다. 그 사건에는 어두운 밤에 한 여자손님과 남자대리기사가 있었을 뿐이었는데도 말이다. 언론은 사람들이 한 여자로 보고 싶어 하지 않는다는 것을 즐기고 있었다. 정치하는 젊은 여자는 권력 편향적일수록 신문팔이 소재가 될 수 있었다. 그러니 언론사의 편집 프레임에 나를 넣어 소설의 주인공으로 만들고 싶어 했다. 그 날 한 국회의원이 지역주민을 무시하는 발언 기사가 잡힌 것에 나를 한 챕터로 엮고 싶었던 편집국의 시나리오에 이용당하기 충분했다. 썩은 고기라도 먹어 연명하려는 숨어있던 하이에나들이 나오는 것이다. 나는 당신의 악당이 아니다. 그 사건은 경찰이 여성 민원인을 대하는 태도가 잘 못 되어도 한참 잘 못 된 것을 따져야 했다. 내가 한없이 작아지면 세상은 커지기 마련이다.

그날의 언론 기삿거리는 직접 대면하지도 않은 채 어림짐작으로 만들어낸 사건과 타인에 관한 정보로 한 인간과 사회를 어떻게 좀 먹이고 있는지를 보여줬다. 문제의 자초지종을 알려는 태도는 애초부터 부재했다. 정치와 대리기사가 파국으로 치닫는 것에는 관심이 없었다. 사건을 지켜보는 동네 사람들은 언론과 경찰을 들여다보려고 하지 않았다. 쉽게 한 개인의 삶을 소비하듯 읽어내고 누군가의 인생을 단정해 보려는 데만 혈안이 되어 있었다 . 분수에 맞지 않은 정의는 악덕이 되어 돌아왔다. 그래서 야무지고 곰살궂은 나의 성격도 변해야 했다. 그렇게 사람들은 나를 오해할 권리가 있고 그걸 내가 굳이 해명하지 않아도 될 권리 또한 있다. 그래서 어려운 것이 되었다. 옳은 일에는 고통과 모욕이 따를 것이다. 경찰은 더 현명해져야 하고 여자는 위협을 느끼면 안 된다. 그리고 나는 울지만 말고 일어나 지금이라도 제대로 대처해야 한다.

언론은 누구의 견제를 받지 않는다. 국회를 출입하는 한 기자는 자신의 언론사와 고용계약 때문에 근로계약서를 잘 못 작성한 것을 한탄하고 있었다. 가장 스스로 자정작용이 잘되어야 하는 곳에서 일어나는 일이었다. 내가 본 그들은 그냥 월급과 고용과 승진을 위하는 직장인에 불과했다. 자신이 살아남기 위해 기사를 운운하며 때만 되면 은근 구독도 강요했다. 그리고 신문사의 각종 유료 행사에 몇 백의 비용을 당당하게 요구했다. 그런 회사는 기업으로 기사 장사를 하는 것이 분명해 보였다. 나는 누구 하나 우리는 그렇지 않다고 하는 언론인을 만나보지 못했다.

나는 세상에서 갑이었던 적이 없다. 사람이 그저 좋았고 그래서 서투르긴 하지만 내 방식으로 사람들을 좋아했다. 사실 먼저 좋아하는 사람은 언제나 을인 처지에 놓이게 된다. 그래서 언제나 나는 사람 사이에서는 을이 되어있었다. 그래야 내가 좋아하는 사람을 마음껏 좋아할 수 있었다. 비단 사람뿐만 아니라 옷에도 나는 을이었다. 체구가 작았던 나는 기성복 옷에서조차도 을이었다. 맘에 드는 옷은 사이즈가 55부터 시작되는 경우가 많아 맘에 들지 않더라도 44사이즈를 찾아야 했다. 일을 하고부터 55사이즈를 사서 어깨를 줄이고 소매를 줄여야 하는 경우가 허다하여 하는 수 없이 맞춤옷을 소개 받았다. 비용도 만만치 않았지만 맞춤옷 사장의 립서비스가 더 만만치 않았다. 내 마음에 들지 않았어도 시도해보라며 어찌나 어울린다고 추켜세웠던지 마치 나를 홍보모델 대하듯 해주었다. 어떤 때는 옷값에 상관없이 마치 입어보고 결정하라는 말에 거절하기도 힘들었다. 점점 나를 호갱으로 대하는 것 같아 점점 거리를 두고 싶어졌다. 바쁜 내 시간에 맞추어 주겠다며 저녁 7시쯤 양장점을 찾았을 때의 일이었다. 여느 때와 다름없는 대화가 오가던 중 얼큰히 한 잔을 걸친 키만 훤칠한 남성이 들어왔다. 내 앞에 성큼 다가와서는 내가 누군지 아느냐고 물었다. 나는 알 턱이 없었다. 너무 놀란 나머지 그를 아는 듯한 주인에게 도와달라는 눈빛으로 쳐다보았다. 그 남자는 그런 내 눈빛에도 아랑곳 않고 자신은 국정원 출신이고 내가 지방의원임을 아니까 늦게 돌아다니지 말라며 초저녁에 나를 협박하고 있었다. 어이가 없는 일에는 망부석이 되기 일쑤다. 그 주인은 그런 남편의 태도가 한두 번이 아닌 듯 익숙하고 능숙하게 어르고 달래서 돌려보냈다. 그리고는 돌아서서 나에게 대신 사과를 했다. 나는 도무지 상황이 납득이 되지 않았다. 화가 났고 울화까지 치밀었지만 나에게 다시 한 번 사과를 하며 애타게 그냥 넘겨달라는 그 남자의 아내가 불쌍하다는 생각이 문득 스치자 상황을 끝내고 싶었다. 동시에 이런 꼴을 당하는 내가 가엾고 그 자리에서 벗어나고 싶었다. 그때 깨달았다. 국정원은 국민에게 갑이었던 존재라는 것을 나는 그때야 몸소 깨달았다. 당하고 난 사람들의 몸부림을 나는 진짜 알아버리게 되었다.

하지만 지금부터 나는 세상에 진짜 갑이 되고 싶다. 누군가에게 갑질이 필요 없는 내 삶의 갑이 되려고 한다. 나랑 사주팔자가 같다고 한 미국의 가수 테일러 스위프트가 2015년 연설에서 이런 말을 했다. 이 말을 듣고 나는 정치를 하면서 더 깨끗해질 수 있었다.

"여러분은 다른 사람이 함부로 이야기할 수 있는 존재가 아니에요. 여러분은 더 현명하고 똑똑하며, 강인하죠. 왜냐하면 당신은 실패를 무릅쓰고 뛰어들 용기를 가졌기 때문이에요. 여러분은 여러분이 학습한 것들의 결과물일 뿐이에요. 고통은 여러분을 강하게 만들어 줄 뿐이죠. 물론 눈앞에 비바람이 몰아칠 수도 있을 거예요. 끝이 보이지 않을 만큼 아주 오랜 동안 몰아칠 수도 있겠죠. 퍼붓는 물줄기에 눈앞이 보이지도 않고 눈물이 날 수도 있을 거예요. 하지만 그 비바람은 당신을 부수지 않아요. 오직 당신을 깨끗하게 만들 뿐이죠."

4

내가 이러려고 정치했나

누가 옳은지가 아니라 무엇이 옳은지를 찾는 것이 정치다. 그런데 우리는 누가 옳은지만 쫓고 있다. 그래서 누가 많이 알고 얼마나 똑똑한가로 판단을 내리는 중요한 변수로 여기고 있다. 사실 똑똑하고 많은 것을 알아도 올바른 판단을 내리는 일은 쉽지 않다. 그런데도 더 좋은 판단을 내리고 싶다면 우리에게 필요한 것은 무엇일까? 자신의 생각과 다른 사실을 발견했을 때, 이내 실망하고 하는 수 없다며 탓을 하며 스스로를 합리화하는 사람들은 잘못된 판단을 내릴 가능성이 높다. 자신이 틀렸다는 걸 깨달았을 때 부끄러워서 스스로를 방어하고 합리화하는 것이 아니라, 오히려 자신이 틀렸다는 걸 이제라도 깨달아서 다행이라 여기는 사람들이 더 나은 의사결정을 내릴 수 있다.

공천을 받지 못했다. 공천은 정해진 룰이 있지만 세상 누구도 객관적이라고 말하지 않는다. 물론 내가 선택을 받았을 때는 세상 가장 객관적인 룰이 되었고 내가 선택받지 못하니 세상에 그렇게 불합리한 룰도 없었다. 흔히 지역의 국회의원이 자기 마음에 드는 사람을 선택하고는 공천이라고 부르기 때문이다. 그 사람에게 선택을 받지 못한 것은 실연을 당한 느낌보다 더 했다. 마치 세상이 나를 버린 것 같이 느껴졌다. 혼란스러웠다. 분노도 치밀었다. 나 같은 사람을 알아보지 못하는 그 사람의 안목은 참으로 한심해 안타깝기도 했다. 만나야 따지기라도 할 텐데 독대는 철벽을 치고 있었다. 독대를 두려워하는 사람은 믿을 사람이 못 된다. 사실 공천이라는 것이 받으려는 사람 입장에서는 짝사랑과 같다. 짝사랑 해봤다면 알겠지만 상대가 내 마음을 알아주기까지 속을 끓여야 한다. 그렇게 내 마음을 알아줘서 사랑이 이루어져도 매일 지는 기분으로 상대의 눈치를 보는 게 짝사랑이다. 그런 더러운 기분이 들게 하는 짝사랑은 나는 연애를 할 때도 하지 않았다.

지역의 국회의원을 하고 싶은 사람들은 모두 자신이 그렇게 잘났다고 주장했다. 그래서 자신이 그 지역의 주인임을 자청하며 한두 달 전에 내려와 떡하니 자리를 틀었다. 수십 년 전에 그 지역과 연관 지어 이야기를 풀어내며 성공해서 돌아온 자식마냥 굴어대고 있었다. 부모 모시고 여태 지키고 사는 자식은 주인 행세도 하지 못했다. 결국 주인 노릇을 빼앗기고 되레 평가를 받아야 하는 것이 정치 시스템이기도 했다. 미숙한 시스템만큼이나 황당한 것은 무엇이 옳은지보다 권력만을 쫓아다니는 추종자들이었다. 그 언저리에는 그림자에 들어가기 위해 간과 쓸개를 기꺼이 내놓는 사람들을 여전했다. 차문을 열어주며 90도로 인사하는 틈에 나는 끼고 싶지 않았다.

나는 제대로 쳐다볼 수 없었다. 나는 쳐다도 보지 못하는 사람이어서 공천을 주는 사람의 입안에 사탕처럼 굴기는 만무했다. 그 지역에 구의원을 거쳐 시의원을 하면 당연히 비슷한 경쟁자로부터 많은 견제를 받는다. 그런 상황은 진짜 사람을 황당하게 만들기도 했다. 나이도 어린 여자가 지역에서 구의원 시의원을 하면 싸가지 없다는 말은 기본으로 깔고 간다. 내가 아는 젊은 정치인치고 싸가지 있다고 들어본 경우가 없다. 진짜 없어서라기보다 그런 프레임에 안성맞춤으로 들어맞기 때문일 것이다. 나이가 지긋하신 선배 여성은 조언이랍시고 나에게 지금까지 너무 쉽게 공천을 받아서 그렇다고 말했다. 뻣뻣하게 굴면 안 되고 공천 비용도 치러야 한다고 했다. 나는 공천을 받기 위해 비용을 치러야 한다는 말에는 알레르기가 있다. 어떤 권력에도 비용이 치러져서는 안 된다. 그리고 권력이 있는 사람에게는 우리 모두 뻣뻣하게 굴어야 한다. 그래야 무엇이 옳은지가 더 잘 보이기 때문이다. 나는 그런 이유라면 공천을 신청하기 전에 사양해야 했다.

　권력은 필연적으로 사람을 바꾼다. 보란 듯이 고급 외제차를 몰며 고급 주상복합에 살던 사람이 국회의원을 한답시고 평범한 일반 아파트로 이사를 가고 차를 바꾼다. 그러면서 자신은 많이 가지고 있는 사람이지만 항상 약자를 찾아다닌다고 한다. 세상에 알고 보면 약자 아닌 사람은 없다. 누가 약자를 자청하겠는가? 당선이 되기 전에는 전화와 문자에 생일케이크 쿠폰까지 친해지고 싶어 을처럼 안달이 났다. 그럴 필요가 없는 데도 사람을 잘 믿지 못하고 대충 차 한잔으로 인심을 얻을 수 있다고 생각하는 것이 보였다. 그래도 어렵게 자수성가한 만큼 속은 깊을 것이라 기대했다. 만나기로 약속을 했다. 요일을 두 개나 주길래 나는 조금 기다려주는 편을 택했다. 급한 일이 생길 수도 있기 때문이다. 약속된 요일이 되어도 연락이 없자 시간을 묻는 문자를 보냈다. '설마 약속을 잊어버린 것은 아니겠지'라고 했지만 예상은 빗나갔다. 그제야 바빠서 다음 주에 보자고 문자를 보내왔다. 아 진짜 급한 일이 생겼고 바빴을 것이라고 웃어넘겼다. 다음 주가 되어서 다시 연락을 넣었다. 내 시간도 소중한데 무엇 때문에 이유 없이 내 시간을 아무렇게나 생각하는지 화가 났다. 연락을 주겠다고 하고는 자리가 사람을 그렇게 만드는 모양이라고 문자를 보냈다. 발끈하며 장문의 답장이 왔다. 서울과 부산을 오가며 너무 바빠 잊었는데 사람을 가리는 짓은 하지 않는다고 했다. 자신이라면 각을 세워 표현하지 않았을 텐데 하고 기분 나쁜 티를 여지없이 냈다. 그러면서 편한 사이니 이해해 줄 수 있지 않냐고 되레 이해하지 않는 나를 다그쳤다. 나는 단호해야 했다. 편하고 이해하는 것과 약속을 지키지 않는 것은 다른 문제라고 일침을 놓았다. 더는 답장이 없었다. 한참을 어이없이 웃었다. 그리고 얼마 지나지 않아 외부행사에서 만났다. 인사를 뒤로하고 나에게 하는 말은 더 가관이었다. 여기 와 있는 우리 편이라고 하는 사람들의 반은 나와 같은 일을 다 겪었다고 했다. 나는 무의식적으로 '큰일 납니다.'라고 받아쳤다. 무의식이 이런 말을 내뱉을 줄은 나도 놀랐다. 원래 그런 사람이었을까? 아니면 무엇이 사람을 그렇게 만들었을까? 이게 참 딜레마다. 아주 괜찮던 사람도 막상 정치판에만 들어가면 이상해진다고 한다. 우리는 주로 그런 개인을 비판하지만, 그게 어디 개인에게만 비판으로 달라질 수 있는 문제이겠는가? 한 개인이 무슨 수로 기존 시스템과 관행에 도전할 수 있겠는가 그래서 정치 근처에 아예 얼씬거리지도 말라는 말을 하는 것이겠지만, 이런 속설이 굳어질수록 정치는 어려워진다. 그런 한계 속에서도 나름 잘 해보려고 하는 일부 정치인들도 피해자가 되고 만다.

이런 문제는 소위 들킨 죄라는 명목으로만 취급을 당한다.

특히 양당 체제에서는 두 개의 답 가운데 하나에 대해 강한 반감을 가지면 오엑스 문제처럼 되어버리는 것이다. 그래서 열심히 잘 해내려고 하는 것이 중요한 것이 아니라 아무 일 없듯 흘러가는 것이 더 정치를 길고 가늘게 하는 비결이 되고 만다. 특히 지방에서 두드러진다. 일부 지역은 '1당 독재' 체제인지라 더욱 그렇다. 나는 유권자들이 무소속 신인들을 포함한 다당제 그리고 당내 다양성을 보장해 주는 기회의 문을 좀 열어주는 게 변화를 위한 출발점이 될 수 있다고 본다. 하지만 오랜 세월 '2지 선다형' 선택에 중독돼 온 유권자들은 그럴 뜻이 거의 없는 것 같다. 두 개의 답 가운데 하나에 대해선 강한 반감이 있기에, 이는 사실상 '2지 선다형'이라고 보기도 어렵다. '4지 선다'나 '5지 선다'형 객관식 문제는 자주 비판의 대상이 되긴 하지만, 제발 공정한 '4지 선다' 마인드라도 가져달라고 호소해야 하는 지역의 입장에선 배부른 소리다. 문제의식을 느낀 사람들이 '4지 선다' 캠페인이라도 벌여야 하는 건 아닌지 모르겠다.

정치는 결코 유쾌한 일은 아니다. 정치는 답을 만들려고 하지만 삶에 정답은 없다. 우리는 아주 현실적인 하루를 살아내고 그 현실은 때때로 우리의 숨통을 조일 수도 있다. 무엇이든 눈을 떠야만 알게 되듯이 많은 시간이 흘러야 세상을 이해할 수 있는 것 같다. 세상 이치는 변하지 않는 것이 없다. 단순히 흑과 백일 때는 구별하기 쉬운 문제지만 회색 계열의 다양한 색상으로 흑과 백을 놓고 비교하면 어떨 때는 완전히 다른 문제로 바뀌기도 한다. 그래서 친구가 적이 되기도 하고 적이 친구가 되기도 한다. 그래서 무슨 일을 하든 성패는 결국 나의 생각에 달렸던 것이다. 이제 순진한 꿈만 꾸던 서툰 시절은 끝이 났다. 나는 얼마나 더 많은 일을 겪고 단련이 되어야 고수가 될 수 있을까?

5

지극히 사적인 정치 리뷰

철학이 말하는 대로 살려면 위선적이 될 수밖에 없다. 그래서 자신이 사는 대로 사람들은 다 말하지 않는다. 그러면서도 우리는 저마다 자신이 추구하는 대로 살지 못해서 전전긍긍하기만 한 꼴이다. 대부분의 사람이 역경을 견뎌낼 수 있다. 자수성가했다고 사람의 됨됨이가 완성되는 것이 아니다. 그래서 어떤 사람의 됨됨이를 알고 싶다면 그에게 권력을 쥐어 줘 보라고 했다. '저 사람이 안 그랬는데 권력 맛을 보더니 달라졌네?' 하고 우리 주변에서 흔히들 하는 말이다. 눈곱만한 권력이라도 갖게 된 사람이 그로 인해 변하는 모습을 우리는 너무도 당연시한다. 왜 권력을 누리면 사람이 달라질까?

동네에서 좀 못된 사람이 구의원, 그다음 못된 사람이 시의원, 제일 못된 사람이 국회의원이라고 했다. 그 당시 구의원이 었던 내가 사람들의 입에서 그런 말을 들었을 때 나도 그렇게 보일 수 있다는 것이 싫었다.

선한 권력은 없다. 권력은 사람의 뇌를 바꾸기 때문이다. 스스로 권력에 대해 잘 안다고 성급한 생각을 한다. 그렇게 생각하는 것은 도덕적 우월감에서 나온다. 흔히 말하는 권력 세계에 있어 본 나로서는 우리가 반드시 명심해야 할 것이 있다. 권력이란 특정한 곳에만 존재하는 것은 아니다. 정치 세력 안에도 사람들을 자발적으로 굴종하게 만들어 일생 생활의 미세한 국면에까지 지배권을 행사하는 보이지 않는 규율이 존재한다. 교묘하게 고도화된 숨겨진 권력의 파장이다. 우리 생활 곳곳에 존재하는 보이지 않는 권력의 작동 메커니즘이 변화하지 않는 한 어떤 논쟁을 치른다고 하더라도 권력의 세계에는 아무런 변화가 없을 것이다. 우리의 일상을 규정하는 생활 권력이 바뀌지 않는 한 권력의 효과는 마찬가지일 것이다.

나는 의원이 아니라 여성의원이었다. 그래서 정치를 하는 동안에 나가면 꽃이 되었다. 여성의원은 의회의 꽃이라면서 이 얼마나 황홀한 대접인가, 아니면 기가 막힌 상황인가 생각이 들 무렵, 나를 이쁜이라고도 불렀다. 어떤 의도를 가지고 그런 말을 하지는 않았다는 것을 알지만 의도하지 않은 일상의 미묘한 기저에는 여성은 그들에게 대등한 동료라는 의식이 애초에 없었기 때문이었다. 나도 내가 교육받고 자란 문화와 현실이 달라져서 어렵고 불편하듯 예전 남성들 역시 자신들도 불편하고 어려웠던 것일까? 다수가 있는 남성 문화적인 정치에서는 여성을 어떻게 해야 될지를 몰랐던 것 같다. 비단 선거 중에도 나는 그냥 후보자가 아니라 여성 후보자로 보는 시선을 감당해야 했다. "집에서 밥은 안 하시죠?"라고 궁금해서 묻는 것인지 "당연히 밥은 하죠"라고 대답하며 별난 여자는 아니라고 부인해야 하는 것인지 나조차도 헷갈렸다. 여전히 정치적 관점에서 보면 여성은 약자임이 분명했다. 같은 선거를 통해 당선이 되어도 같은 기준의 역할 분담을 요구하지 않았다. 여러 역할 중에 자원봉사센터와 같은 역할을 당연히 확대해서 요구하기도 했다. 또 여성만이 할 수 있는, 여성만이 볼 수 있는 것을 은근히 요구하며 대변하라는 압박으로 다가왔다. 현실에서 여성들은 똑같은 의정활동 이상의 것을 요구받고 있는 셈이었다. 보이는 권력 뒤에 보이지 않는 권력이 움직이는 것처럼 여성은 언제나 자신의 능력을 더 증명하며 살아내야 하는 곳이 정치에서도 벌어지고 있었다. 이런 소리 없는 전쟁에서 논쟁을 피하며 상대를 눌러야 하는 곳이기도 했다.

변화의 출발점은 정해진 곳이 없다. 정치에서 상대는 정해지지 않아도 서로를 의식하게 되어있다. 의식만 해도 변화의 출발점이 되기도 했다. 여성이 있는 조직에서는 의복과 말투부터 자연스럽게 서로를 의식하고 바뀌어 실제 밝고 화사해진다. 그런 분위기는 마치 다른 생각은 적으로 분류하고 정복해야 한다고 여기는 마음에도 영향을 미치기 마련이다.

진실은 사실과 다르다. 사실을 통해서 우리가 바로 느끼고 얻은 감정이 진실이다. 그래서 진실은 체험되는 것이지 가르치고 배우는 것이 아니다. 우리가 진실해야 한다면 진실을 위해 싸울 각오를 해야 한다. 그래서 여성은 투쟁을 계속하고 있는 것일 수도 있다. 지혜로운 조언이 대게 그렇듯이 여성이라는 두 발은 올바르게 내디디고 굳건히 서 있기란 여간 어려운 것이 아니다.

6

엄마 자리도 유효 기간이 있을까요?

육아는 오로지 애쓰기였다. 2-3시간마다 모유를 먹이고 기저귀를 가는 것이 나에게 무한 반복되고 있었다. 이제는 나라는 사람은 새끼를 키우는 본능만 남은 동물 같았다. 나는 점점 없어지고 있었다. 그래서 하루에 한 번 간신히 샤워를 하는 것조차 힘겹게 느껴지고 있었다. '이것 또한 지나가리라.'는 것을 너무 잘 알면서도 아무렇지 않게 되지 않았다. 매일같이 반복적으로 해야 되는 육아의 일상은 손에 익어가지만 그 외의 일에는 무관심하거나 아예 생각조차 하지 않는 늪에 빠지고 있었다. 헤어나오려고 할수록 육아는 나를 잡아 끌어내리고 있었다. 나에게는 도처에 위험이 도사리고 있었다. 내부는 물론 코로나 팬데믹이라는 외부의 적까지 들끓고 있었다. 견디는 것 말고는 딱히, 그래서 무언가에 매달려야 했다.

더 많은 것을 얻을 수 있음에도 기회조차 잃어버리게 되는 것이 나를 한없이 애달프게 했다.

위대하게 해내고 싶은 두 번째 육아였다. 그런데 베테랑 엄마는 오간 데 없고 육아에 역풍을 맞아 찌질함만 남은 라떼 엄마만 있었다. 누구 하나 알 리 없는 이런 엄마에게도 위대한 반전이 필요했다. 그보다 더 시급했던 씻기부터 해야 했다. 제 아무리 늦게 귀가를 해도 자동으로 씻던 내가 하루에 한 번 간신히 씻는 것이 귀찮아질 정도로 나를 갉아 먹고 있었다. 한때 나는 거울 앞에서 너무 많은 시간을 보냈다고 후회했던 적이 있었다. 그런데 지금은 거울 앞에서 마주한 내가 진짜 내가 맞는지조차 모를 만큼 새삼스러운 일이 되었다. 성가신 로션도 듬뿍 바르기 시작했다. 훨씬 내가 정돈된 느낌이었다. 그리고는 우아하고 품격 있는 엄마가 되고 싶어 눈에 띄는 책을 집어 들고는 소리 내어 읽기 시작했다. 내 목소리에 힘을 넣고 읽기 시작하자 '혼자 뭐 하고 있나?' 싶은 생각부터 들어 헛웃음이 나왔다. 하지만 그런 마음의 비웃음을 차단하듯 소리라도 내어 읽고 나면 이내 위로가 되었다. 내 목소리가 들리자 나를 흠칫 보는 울 늦둥이에게 눈 한번 찡끗 맞춰주었다. 울늦둥이는 이내 내 고개를 자신에게 향하라고 자신의 손으로 내 얼굴을 올렸다. 한 페이지도 제대로 읽지 못했지만 더 읽자고 아이에게 조르기 시작했다. 그런 아기가 잠들면 영어 공부를 시작했다. 100일 동안 매일 해야 할 영어 한두 문장을 쓰기 시작했다. 집안을 정리하고 관리하는 것처럼 내가 해야 할 목록을 만들어 두고 제일 우선순위로 해버렸다. 그래도 그것으로도 모자랐다. 코로나19가 낳은 우울과 절망의 시대에 '가만히 있으면 안 되겠다'라는 위기감이 나에게도 왔다. '그런 상황이 언제든지 찾아올 수 있는데…' 나만 이유가 어찌 되었던 간에 내 우주를 멈춘 채 기다리고 있을 수만은 없었다. 나는 매일 아침 5시면 눈이 떠졌다. 미라클 하지 않아도 '미라클 모닝!' 하고 아침 해에 인사했다. 열심히 사는 사람들 틈에서 멈춰있던 내 우주도 움직일 준비를 하고 싶었다.

나를 돌보는 것도 결국 애쓰기였다. 번 아웃이 온 내가 다시 애쓰기를 해야 했다. 애쓰기로 지친 사람은 애쓰기로 치료해야 하는 것 같았다. 하지만 노력도 배신하는 시대이다. 그래서 더는 누구를 미워할 필요가 없었다. 아무도 나에게 해를 끼칠 수 없을 테니 말이다. 육아를 다시 한다면 언제까지 엄마의 유효 기간을 정할 수 있을까? 첫 아이를 고등학생이 되기까지 키우면서 언제부터 나는 엄마라는 것이 아무렇지 않게 되었던 것일까?

내가 엄마하고 떠올리면 생각나는 것이 바로 내 엄마였다. 내가 생각하는 우리 엄마는 그저 열심히 살아가는 한 여자였다. 무슨 일이 그리 많았던지 새벽에야 잠이 들고도 그 새벽에 다시 벌떡 일어나는 그녀였다. 결벽증에 가깝게 완벽한 청소를 추구했다. 그러기 위해 딸에게 이것저것 어김없이 잔소리를 해 댔다. 그러다 제풀에 기가 꺾여 체념하며 푸념도 하는 그런 여자였다. 신기한 게 내가 육아를 하기 전까지는 우리 엄마가 내 똥 기저귀를 갈아줬다거나 이유식을 먹이기 위해 끙끙대는 그런 모습은 상상이 되지 않았다. 그런데 내가 아이를 키우면서 '우리 엄마도 이랬겠구나.'라고 문득문득 떠올랐다.

나의 엄마는 새벽같이 일어나 새벽 장을 보고 와서는 아침 밥을 차려주셨다. 빨리빨리 먹지 못하는 내가 입이 짧아 그런 줄 알고는 엄마는 이것저것 상 위에 놓인 반찬을 권유했다. 그래도 시원찮게 먹는 모습이 보기 싫었던지 그만 먹으라고 핀잔을 놓으셨다. 그리고는 이내 정리를 하셨다. 그리고는 후 다닥 정돈하고 가게 문을 열기 위해 나가셨다. 한 손님이라도 놓치기 아쉬워서 제 걸음을 재촉해놓고는 할 일이 많다고만 하셨다. 어젯밤까지 일을 해놓고도 일이 또 남았던 것이다. 그 리고는 점심을 먹고 꾸벅꾸벅 졸다가 그 졸음마저 쫓기 위해 또 가게 정리를 시작하셨다. 매일매일 해도 정리할 것이 나온 다는 것이 나도 엄마가 되고야 알게 되었다. 그렇게 쉬지 않 고 몸을 움직여 그날도 한밤중이 되어서야 집에 돌아오셨다. 집에 와서도 몸을 움직이는 것을 멈추지 않으셨다. 집안 정리를 마무리하고 하루를 넘겨서야 겨우 잠자리에 드셨다. 우리 엄마에게 무엇을 위해 그렇게 열심히 살았는지 물어볼 틈이 없을 정도로 열심히 사셨다.

대놓고 묻는 것이 바쁜 그녀에게 사치스러울 정도였다. 그래서 정확하게 물어본 적은 없다. 희미한 기억을 더듬어 보면, 우리 엄마가 뭔지 모르겠지만 힘이 들었을 때 했던 말이 생각났다. 다 너희들을 위해 그럴 수밖에 없다고 말이다. 하지만 나는 진작에 그러지 말라고 했을 것이다. 얼마 지나지 않아, 나는 점점 예전만큼 엄마 손이 많이 필요하지 않아졌다. 나에게 엄마의 유통기한이 다 되어 가고 있었다. 그런데도 우리 엄마는 억척같이 매일매일이 바빴다. 그렇게 살아내야 한다고 굳게 믿고 있었다. 지금 생각해보니 우리 엄마는 자식들을 위한 것이 아니라 엄마 자신을 위해 그렇게 열심히 산 것이 아니었을까? 그런 엄마의 모습은 내 가슴 속에 남아, 나도 열심히 살 수 밖에 없는 삶의 지침을 몸소 가르쳐 주신 것이다. 내게 필요한 유통기한이 다 된 우리 엄마의 모습이지만 나에게 유효 기간은 연장 되어 있었다.

어떤 상품에는 유통기한과 유효기간이 있다. '유통기한'은 어떤 상품이 유통 과정을 거치는 기간으로, 만들어지고 마트 진열대 등에서 소비자에게 판매할 수 있는 최종기한을 말한다. '유효기간'은 어떤 상품의 효력이나 효과를 정상적으로 사용할 수 있는 기간으로, 흔히 먹어도 건강이나 안전에 이상이 없을 것으로 판단되는 식품 소비의 최종기한을 말한다. 엄마 자리도 유통기한과 유효기간이 있다. 아이에게 엄마로 유통되는 기한은 생각보다 그리 길지 않다. 아이가 또래 세계에 눈을 뜨기 시작할 무렵부터는 엄마와의 시간은 점점 줄어들게 된다. 그리고 엄마의 이야기가 잔소리로 느껴지기 시작하면서부터는 유통기한을 염두에 두어야 한다. 이렇게 엄마가 생각하는 엄마라는 유효 기간과 자식이 생각하는 기간에는 시간 차가 발생한다.

우리 엄마는 유통기간도 생각하지 않고 예고 없이 반찬을 한 박스나 택배로 보냈다. 나는 엄마가 차곡히 정리해서 꼼꼼히 보냈겠지만 그래도 새지 않고 이 정도로 온전하게 온 것을 감사해했다. 세 식구가 한 달을 먹어도 될 양을 싸서 보내셨다. 잘 받았다고 전화를 넣고 고맙지만 고생스럽게 뭘 이렇게 많이 쌌냐고 하면서 내 목소리 끝에는 이렇게 하지 말라는 뜻이 묻어났다. 시장을 본 것부터 반찬 장만까지 한참을 준비한 이야기를 하셨다. 힘들게 왜 그렇게까지 했냐며 내가 싫어하는 내색을 하자 바쁘다고 전화를 끊어버리셨다. 엄마는 자신의 방식대로 나에게 해주고 싶어 했고 나는 그것이 행여 엄마에게 고생스러울까 봐 되레 걱정이 되었다. 엄마는 아직도 나에게 자신의 유통기한이 남아 있다고 느끼고 계셨다. 나는 우리 엄마가 안쓰러워 다시 '그래도 고마워' 하며 전화를 했다. 아직도 당신의 엄마가 안쓰럽다면, 누군가 엄마인 당신을 안쓰러워 여긴다면 그 엄마는 아직 유효하다. 이렇게 시간이 지나도 마음이 통하는 사람이면 그 누구든 유효 기간은 없다.

나는 첫째에게 엄마로 유통기한이 다 되어 갈 무렵 그렇게 두 번째 육아를 시작하게 되었다. 엄마가 된다는 것은 의무와 책임만으로 한정 지을 수 없다. 그것은 아이의 입장에서만 엄마를 보았기 때문이다. 하지만 엄마의 입장에서 아이를 보면 어떤 의미가 있을까? 나는 첫째를 키우면서 아이에게 이런 말을 했다. 네가 힘이 들 때 언제나 나를 꺼내 보라고, 그럴 때 생각나는 사람이 엄마 한 사람만 있는 것은 아니겠지만 엄마 한 사람도 있다는 것을 잊지 말라고 말이다. 나는 그런 엄마가 되어가고 있다. 육아만 하는 엄마에서 부모로서 엄마가 되었다. 아마 그때쯤부터 엄마가 아무렇지도 않았던 것일까?

나에게 더 이상 엄마가 아무렇지도 않는 역할이 되어가는 과정을 돌아보면 분명 아이와 함께하는 삶은 풍요롭고 행복했다. 하지만 내가 과연 잘 해낼 수 있을까? 하루에도 수십 번씩 다짐하던 엄마라는 이름으로 곳곳에 감당하기 버거운 책임이 있었던 것도 사실이다. 그 엄마가 되는 순간순간, 결코 되돌아갈 수 없는 길로 들어서면서, 아이를 통해 이제껏 느껴보지 못했던 삶에 대한 설렘과 기대감에 벅찼던 순간이 왠지 모를 두려움의 순간과도 닿아 있었다. 그것은 엄마인 나와 엄마 아닌 내가 앞으로의 삶을 더 힘차게 살아가야 하는 희망을 찾는 것이다. 무엇과도 바꿀 수 없는 귀한 나를 만나는 일이다.

ㄱ

꿈꾸는 엄마가 미래를 만든다

하지 않을 뿐, 못할 일은 없다고 큰 딸에게 용기를 주려고
눈에 힘을 주고 격려했다. 그 말이 어김없이 잔소리가 되는
순간, 있던 용기도 꼬꾸라지게 만들어 버렸다. 어디서 그럴듯
하게 들은 이야기로 한 구절 맛깔나게 잔소리를 해야 엄마답
다고 생각했다. 무한한 해탈로 엄마가 잠자코만 있으면 내가
생각하는 엄마가 아니었다. 가만히 있을 수만은 없어서 사실
이렇게까지 게거품을 물며 잔소리를 해대는 것은 사실 나도
그렇게 못했기 때문에 후회한다고 자책하는 울부짖음이었다.

나는 남의 충고에 따라 옳은 일을 하기보다 스스로가 옳다
고 믿는 일을 했다. 그래서 잘못을 하며 내가 실수를 하며 내
가 얻으려고 애쓰는 것이 더 미래답다고 생각했다. 나의 미래

는 내 의무였다. 그래서 내 꿈은 목표가 아니라 그저 미래였다. 사람에 따라 꿈에 대한 정의나 이미지가 다르겠지만, 나에게 꿈은 목표로 삼아야 하는 것이라기보다는 꼭 되어야 할 모습이었다. 나답게 자유롭게 살기 위해서 꿈을 위해 살 수밖에 없었다. 그래서 오히려 마음은 더 편했다. 그냥 단순히 하고 싶은 것을 한다면 하기 싫을 때도 있겠지만 꼭 해야 하는 일이기 때문에 저절로 행동이 따라야 했다. 살아내기 위한 꿈은 사람을 움직이게 만드는 힘이 되어주기 때문이다.

내가 기대하지 않았던 일이 생긴다면, 그리고 전혀 생각하지 못했던 일이 나에게 온다면 나는 어떻게 해야 하는 걸까? 16년 만에 그것도 활발하게 사회 활동을 하다가 늦둥이 손님이 나에게 왔으니 나는 어떻게 해야 하는 것일까? 내 삶에 파도가 밀려 왔을 때 그 파도를 이겨 보려고 하면 내 앞에서 파도가 크게 부서진다. 그런데 그 파도를 이겨 보는 것이 아니라 자연스럽게 파도에 나를 맡겨 보는 것이다. 처음 경력단절이 왔지만 다시 복귀했던 경험 때문인지 불안을 끌어안을 약간의 여유가 생겼다. 노하우라고 말하기도 그렇지만 나만의 자기관리 가이드가 있다. 나를 돌보기 위해 자기관리를 했다. 어쩌면 가장 단순하지만 실천하기 어려운 것들을 하나씩 해보는 것이다.

어차피 시간은 흘러간다. 무의미하게 버려지는 시간에 가치를 만들고 싶었다. 출산하고 6개월쯤 지나니 꼬맹이는 나름의 규칙이 생겼다. 아침을 먹고 낮잠을 자고 점심을 먹고 낮잠을 자는 것이다. 아이마다 다르겠지만 나의 경우 그 2시간이 너무 행복했다. 커피 향을 맡으며 여유를 부리고 싶었지만 모유 수유 중인 나에게는 아직 때가 아니었다. 그래도 강하게 무언가를 시작하고 싶었다. 밖으로 나가야 하는 일은 제외되고 나는 온라인 강의를 들었다. 뻔한 리더십이나 코칭도 지금 내게는 필요한 이야기로 들렸다. 여기 내 자리에서 할 수 있는 것을 해야 했다. 하고 싶은 것이 생기지 않는다면 탐색을 더 해도 된다. 나는 어김없이 쇼핑에 자주 손이 갔지만 지금 내가 입고 어디를 갈 것인지 생각하니 그저 그림의 떡이었다. 듣고 싶은 강의가 생겨도 내가 아이와 온전히 마주하는 시간까지 빼앗긴다면 그건 또 내 길이 아니었다. 그래서 처음 내가 선택한 것이 오디오클립였다. 물론 유튜브를 제일 하고 싶었지만 아까 말했던 내 상황에서 가장 현명하게 선택해야만 했다. 편집에 시간이 많이 들어가고 그렇다고 아이와 시간까지 내어가며 하고 싶은 생각은 철저히 없었기 때문이다. 첫째 아이를 기를 때도 나는 이 원칙이었다. 아이가 유치원에 들어가는 나이가 되어서 바깥 활동을 적극적으로 시작했다. 나는 일단 시작을 하면 잘 해내고 싶지만 그것 이상으로 끝까지 완성하는 데 더 목표를 집중한다. 누가 머라 하는 사람 하나 없지만 스스로 잘 안될 때 '내가 왜 이러고 있나'라는 생각이 들기 마련이다. 힘들면 안 하면 되니까 재미만 생각하자고 마음먹었다. 그래서 아이가 자는 자투리 시간을 활용해서 나는 오디오클립을 배울 수 있었다. 오디오클립을 어떤 주제로 할지가 제일 어려운 고민이었다. 목적을 가지고 오디오클립을 시작한 것은 아니지만 '이것을 왜 하고 있지'라는 회의가 올 때마다 내 자신을 생각했다. '나와 같은 똑 닮은 사람이 있다면 내 목소리가 힘이 될 거야'라고 말이다. 그래서 '나부터 나 자신을 관리하기 위해 이런저런 필요한 것들을 말해보자'라고 결심했다. 무엇을 담을지는 몰라도 무엇이든 담을 수 있으니 말이다.

모르는 것은 언제나 두렵다. 하지만 두렵다고 두려움이 사라지는 것은 아니었다. 새로운 것을 배울 때 두려운 감정을 가질 시간에 그냥 배우면 그만이었다. 나는 아직도 종이 신문을 구독한다. 요즘은 볼거리와 들을 거리가 넘쳐나는 세상이다. 그래도 나는 신문을 본다. 자식을 잘 키우고 싶은 부모들은 한결 같이 독서의 중요성을 말한다, 사실 아이뿐만 아니라 인간에게 독서는 반드시 해야만 하는 일이지만 그게 말처럼 잘되지 않는다. 그것을 매일 조금씩 실천하기 좋은 것이 나는 바로 신문을 읽는 것이었다. 그것도 세상 돌아가는 모든 가장 따끈한 신상 소식을 볼 수 있다. '어떻게 아이를 옆에 끼고 신문을 펼쳐서 읽을 수 있어?'라고 불가능하다고 말할 수 있다.

우리 늦둥이도 내가 무언가를 읽고 있으면 다가와서 내 얼굴에 손을 대고 고개를 올리라고 만진다. 신문이 더러워서 만지기도 싫다고 한다면 그건 병이 아닐까 한다. 엄마가 자연스럽게 무언가를 읽는 모습을 자주 보이면 아이는 아주 자연스럽게 받아들인다. 첫째 아이를 키울 때 나는 변비가 있었다. 화장실에 갈 때마다 나는 그 긴 시간에 어떤 의미를 찾아야 했다. 어느 날에는 신문을 가지고 어떤 날엔 잡지를 가지고 30분씩 읽어야 했다. 머리가 무거워지면서 아래가 가벼워져야만 자리를 뜰 수 있었다. 그런데 큰딸아이가 화장실을 갈 때마다 책을 가지고 갔다. 그리고는 볼일을 보고는 변기 옆 꽂이에 꽂아두고 나왔다. 자연스럽게 어느 날에는 다음에 읽고 싶은 책을 골라서 변기에 앉았다. 내가 청소한다며 변기 옆에 꽂아둔 책을 치우면 그 책을 찾아달라고 했다. 나는 다음부터는 그곳에 손을 대지 않았다. 아이는 자연스럽게 독서습관이 생겼다. 내 아이의 책보는 습관은 변비 있는 엄마가 고독을 즐기는 습관에서 시작되었다.

막연한 미래에 대한 불안감은 안 없어진다. 큰딸아이가 학교를 마칠 때쯤이면 항상 전화를 한다. 그날은 시험 기간이라 전화가 오면 평소와 다름없이 대하려고 마음먹고 있었다.

"엄마~ 마쳤어? 근데 국어가 너무 어려워서 다 난리야~"

"아, 그래? 너는? 너도 어려웠어?"

"그렇지~" 하고 말꼬리를 흘린다. 나는 눈치를 챘지만 안 그런 척하며 다시 물었다.

"그래…?" 하고 아쉬운 듯 말을 끊지 못하고 있었다.

"진짜 진심 어려웠다니까? 시험이 역대급이었어. 다른 아이들도 엄청 어려웠다고 운 친구도 있어." 한껏 톤을 올려서 말을 받는다.

딸아이의 속마음은 나만 시험 못 친 게 아니라 그나마 다행이라고 말하고 싶은 거였다. 자신이 어려워 시험을 못 본 것이 다른 이들도 그렇게 느껴 잘 못 봤다고 하면 불안감이 줄어들었다. 나 말고 다른 사람도 비슷한 감정을 느끼고 있다고 하면 왠지 모를 안도감이 생겼다. 불안하다고 느끼는 것은 이렇게 시간차가 있었다. 어느 정도는 통제할 수도 있었다. 그런데 예전 동료들과 활동하던 시절의 이야기를 나누다보면 나도 당장 뛰쳐나가고 싶은 감정, 가만히 있을 수 없다는 생각, 그런데 정작 오라는 데 는 없다는 현실, 이런 통제할 수 없는 불안에는 온도차를 두어야 했다.

불안하고 두려워서 도망도 가봤다. 오디오클립을 시작하고 제일 신난 사람은 다름 아닌 나 스스로였다. 내 목소리가 이어폰을 넘어 공기의 진동을 타고 다시 내 귀에 들리는 기분이

란 어떻게 표현해야 될까? 처음에는 두근두근 거리며 어디라
도 숨고 싶은 마음이었지만 그다음에는 또 다르게 들렸다. 어
느 날 피곤했던 일 때문인지 그걸 감추려 목소리가 더 애를
쓰는 것같이 그날의 기분까지 또렷이 기억이 났다. 그렇게 즐
겁고 나를 들뜨게 만드는 것을 매주 두 번씩 올리겠다는 다짐
을 했다. 내용도 완벽하고 목소리도 완벽하게 잘 만들고 싶어
끙끙 고민만 며칠을 했다. 그렇게 하나를 완성하고 나면 홀가
분하기까지 했다. 그것도 잠시 다음 주제와 내용을 또 고민해
야 했다. 점점 압박으로 다가왔다.

어느 날은 준비와 녹음을 하느라 새벽까지 와버렸다. 그런
내 클립을 많은 사람들이 들어 주었으면 싶었다. 그런데 그런
일은 없다. 이런 마음은 점점 구독자 수만 보였다. 스스로 너
무 즐거운 작업이었고 굳이 많은 사람이 들어주지 않아도 상
관없다며 시작했다. 그런데 계속 올려야 하고 잘 만들고 싶은
욕심이 짐으로 변했다. 나는 그 두려움으로 스스로에게 지쳐
가고 있었다. 급기야 봄 개편이라는 내 개인적인 이유를 만들
어 하루를 쉬었다. 사실 누구 하나 내가 쉰다고 뭐라고 할 사
람이 없는데도 말이다. 그런데도 내게는 이유와 명분이 필요
했다. 한 번 쉬고 두 번 쉬자 이제는 쉬는 게 또다른 두려움
이 되었다. 결국 또 두려움이 나를 멈추게 했다. 멈추어 보았
더니 다른 두려움이 찾아온 것이다. 그리고 나에 대한 자책으

로 더한 두려움이 엄습해 오고 있었다.

우리는 지나치게 똑똑해서 문제다. 좋아하는 일만 하며 살고 내가 중요하다고 생각하는 일에 더 마음을 쏟고 싶다. 그런 일에 내 시간을 내 의지대로 배분해서 살아가는 것이 더 가치 있다고 믿는다. 하지만 내가 좋아하는 일을 하기 위해서는 내가 하기 싫은 일을 그보다 몇 배는 더 해야만 했다. 그리고 그마저도 받아들이고 좋아해야 했다.

꿈꾸는 엄마가 미래를 만든다. 복잡하게 생각할 필요가 없다. 대부분이 자신이 원하는 것이 무엇인지 명확하게 알지 못한다. 귀찮고 그래서 어려운 일일 수 있지만 그냥 계속 생각하고 또 생각해야 한다. 그렇게 평가하거나 비평하는 것을 접어두고 그냥 자신을 격려해야 한다. 요즘은 사는 게 참 재미가 있다. 나는 명확한 목표가 생겼고, 가야 하는 길을 갈 것이고, 하고 또 하기를 그래서 지치지 않기를 바랄 뿐이다. 더 재미있는 것들을 많이 할 수 있을 거라 믿고 있다. 나도 한때

해바라기: 노란 해바라기는 우주 중심의 색, 발산의 색으로 어디든 뻗어 나가는 욕망을 담았다.

는 자기 밥그릇도 못 챙기면서 세상을 걱정했다고 자책한 적이 있다. 하지만 분명 상처가 있는 곳에 꿈도 존재하기 마련이다. 꿈이 원대할수록 상처 또한 클 것이다. 정치라는 꿈도 꾼 적 없는 일을 나는 해냈고 그 많은 일을 직접 겪으면서 나는 성장하고 있었다. 그래서 다시 어떤 어려움이 와도 적어도 무섭지는 않은 것이다. 지금은 또 다른 차원의 꿈을 고민하고 있고 이렇게 이미 나는 또 다른 세상에 와 있는 것이다.

제5장

두 번째 복귀를 위해

기회가 없으면 스스로 만들어라

1

용기가 주는 생각의 변화

울컥 가슴에 뜨거운 것이 올라왔다. 나는 더이상 그런 감정이 오르지 않도록 내 정신을 잠시 놓는 쪽을 택했다. 그리고는 계속 동화를 읽어 내려갔다. 눈은 왼쪽에서 오른쪽으로 그리고 다음 페이지로 가고 있었지만 그냥 입으로만 읽을 뿐 내 머리는 그 내용을 담고 있지 않았다. 지금 막 끓어오르는 그 감정이 내가 무언가를 해야 한다고 재촉했다. 예고도 없이 이런 마음이 올라오면 나는 언젠가는 끝이 날 것이라고 나를 다독였다. 다시 아이 눈을 뚫어져라 쳐다봤다. 지금 해야 할 무언가는 아이의 동화책을 읽어주는 것이라고 마음을 다잡았다.

인생이란 해야 할 경험을 하는 것이다. 그래서인지 나는 참 하고 싶은 것이 많다. 하고 싶은 것이 많다 보니 해야 할 것도 많아졌다. 그렇다고 하고 싶은 것을 미리 생각해보고 순서를 정해두며 하는 것은 아니었다. 살아가면서 생각이 변하여 할수 없었던 것도 할 수 있게 되면서부터, 그리고 해보고 싶지 않았던 것들이 하고 싶어지게 되면서 순서가 중요하지 않아졌다. 사실 그렇게 생각대로 하고 나서 후회가 되는 경우도 많았다. 후회가 되면 한 번쯤은 무료 체험 같은 것이 있었으면 좋았겠다고 생각했다. 아니면 후회 대신 반품할 수 있는 기회가 있으면 좋겠지만 결코 인생의 시간은 뒤를 돌아보지 않았다. 그럴 때, 나는 인생의 절반이 후회와 반성인데 하나 더 추가한다고 딱히 달라질 것이 없다고 마음을 고쳐 먹었다. 되레 그런 마음이 시도하는데 더할 나위 없이 좋은 자세가 되었다. 그래서 나는 내가 마음에 드는 나로 살기 위해 끊임없이 해야 할 것을 시도했다.

나는 하고 싶은 것에는 언제나 스스럼이 없다. 스스럼없다는 것은 조심스럽거나 부끄러운 마음이 없는 것이다. 나는 엄마였지만 지역에서 이름이 오르락내리락 하고 동네일과 국가의 일에 한 발짝 나설 수 있었던 것도 바로 그 스스럼이 없었기 때문이었다. 되돌아보니 그런 계기가 된 사건이 있었다. 그 당시에는 그것이 계기가 될 줄은 몰랐다. 전세살이를 탈출하고 장만했던 집이 건설업체와 하자보수를 협상해야 되는 일이 발생했다. 내 힘으로 장만한 내 첫 집에 이런 중차대한 일이 벌어지고 있었다. 그래서 관심을 두고 지켜보고 있었다. 그런데 그런 일에 나서 달라며 반장 아주머니가 우리 집 문을 두드렸다. 문을 연 나를 보며 한참 동안 자초지종을 설명하며 심각해 하셨다. 나도 내 손으로 장만한 내 집이라 더 심각하게 듣고 있었다. 유독 여자 이름 같은 남편 이름 때문에 반장 아주머니는 나를 남편으로 알았다. 그 자리에서 나에게 아파트 동대표를 강하게 권유하셨다. 그때 당시 무엇보다 중요했던 것은 내 손으로 장만한 나의 집 생각뿐이었다. 심각하게 망설였지만 길게 망설일 수는 없었다. 등 떠밀리듯 했지만 스스럼없이 나서야 했다. 그 후로 아파트 동대표를 하게 되면서 아파트의 돈이 어떻게 흘러가는지 알게 되었다.

나는 여성정책연구소에서 일을 하면서 여성 정치인을 자주 볼 수 있었다. 여성 구의원, 여성 시의원. 여성 국회의원까지 연구소가 주최하는 포럼이나 세미나를 하면서 만날 수 있는 기회가 있었다. 가까이 보게 되면서 그녀들도 그저 여성이라는 울타리 안에서 나와 별다를 것 없는 엄마이기도 했고 여자이기도 했다. 그러면서 아무나 할 수 없는 일처럼 느껴졌던 것이 누구나 할 수도 있는 일이란 생각까지 이르게 되었다. 그러면서 그 누구나가 바로 스스럼없이 내가 되어가고 있었다.

지방선거가 다가올 때쯤, 부산의 한 정치부 기자가 나에게 물었다. 생각보다 외부활동이나 중앙에 관계를 많이 맺지 않은 이유가 무엇인지 물었다. 32살에 선출직 구의원을 하고 36살에 광역의원을 한 여성 정치인의 소극적인 행보가 이상했던 모양이었다. 사실 젊은 여성 정치인이지만 나는 한편으로 보면 평범한 육아를 하는 엄마였다. 그래서 나는 지극히 당연한 아이도 잘 키우면서 일도 잘하고 싶은 욕심뿐이었다. 그런데 그런 당연한 것을 솔직하게 말하기 겁이 났다. 아이를 잘 키우고 싶다는 의미를 사람들이 어떻게 들을지 몰라서 숨겨왔다. 아이를 잘 키운다는 일은 그만큼 정성이 들고 손이 많이 가는 일이다. 그것을 만회하고자 일에는 우선순위를 두고 처리해야 했다. 만약 외부 일이 있고 아이를 케어해야 하는 상황이라면 상황에 따라서는 아이 때문에 일을 미뤄야 했기 때문이다. 사람은 물론 정도의 차이는 있지만 삶의 모순이 커지면, 그만큼 불행에 잠식되기 쉽다. 그렇기에 어떠한 비관적인 사고나 불행으로 더욱 끝없는 수렁에 빠지는 사람들을, 뭐라 함부로 정신적으로 나약하다고 판단할 수 있는 권리나 자격은 없다. 반대로 이 세상엔 과거 엄청난 불행이나 고뇌를 특정한 오기나 원동력으로 삼아서, 훗날 가치 있는 삶으로 만들어가는 사람들이 많이 존재한다. 육아를 통한 보이지 않는 편견은 나에게 그런 원동력이 되기에는 충분했다.

육아뿐만 아니라 일을 하면서 사람을 만나 관계를 맺는 것은 그야말로 정성이 든다. 그래서 정성을 들이는 것은 응당

시간과 감정을 소요해야 하는 일이다. 나와 관계를 맺고 싶어 하는 그리고 내가 관계를 맺고 싶어 하는 수많은 인연이 있었지만 나는 내 아이와의 일이 낀다면 우선순위를 미뤄야만 했다. 그래서 아이와 라면을 먹더라도 나는 그 시간을 택한다고 이야기했다. 그리고 그다음부터는 그 사람에게 전화가 오지 않았다. 아마 야망이 없는 사람이라 생각했거나 아니면 자신과 관계를 맺기 싫다고 오해를 했다. 나는 그런 오해마저 감수해야 한다고 생각할 만큼 엄마 자리는 잘하고 싶었다.

어떤 사람은 그런 나를 되레 칭찬해 주었다. 하지만 나도 알고 있다. 그런 칭찬은 그저 내 위로밖에 되지 않았다. 일을 하게 되면 야망이 없는 여자로밖에 보지 않았다. 정치에서는 더더욱 그랬다. 그저 능력이 모자라 육아조차 도맡아 주는 이가 없는 그저 엄마 역할만 해야 되는 사람으로 취급당할 뿐이었다. 이런 이유로 그런 취급을 당한다면 나는 기꺼이 감내하겠다고 그래서 그렇게 보였을 수 있다.

큰아이의 교육비 지출이 점점 늘어나자 이런 생각이 들었다. 예전 나의 부모님이 내 교육을 위해 쓰셨던 돈 모두는 부모님의 미래를 희생하며 쓰셨던 것이다. 어떻게 그것이 가능했을까? 아이야말로 자신의 미래라고 여기셨으니 가능한 일이었다. 밝은 미래를 만들 수 있는 길은 바로 교육이기 때문이었다. 그러면서 우리는 아이에게 항상 물어보는 게 있다. 네 꿈은 무엇이냐고? 아이의 대답이 무엇이 되었던 간에 우리는 꿈을 이루는 방법 하나쯤은 알고 있다. 그중 내가 알고 있는 하나가 간절히 바라고 행동하면 이룰 수 있다고 믿는 것이다. 지금까지 나는 그 말을 믿기도 믿지 않을 수도 없는 상태였다. 지금 내가 생각하고 있던 꿈이 이루어지지 않았다면 내가 덜 간절했기 때문이고 만약 이루었다면 꼭 간절해서만도 아니라 고 느끼기 때문이었다.

엄마가 되고 시간의 선물을 알게 되었다. 아이가 크는 것은 절대적인 시간의 힘이 필요하듯 마찬가지로 나 자신에게도 내가 클 수 있는 절대적인 시간이 주어져야 했다. 그래서 아이와 나도 크고 있는 것은 마찬가지였다. 서로 동지로 지내기로 나는 진작에 마음을 먹었다. 나도 커야겠다는 생각이 되자 아이에게 이것저것 실수했던 일들을 더 많이 말하게 되었다. 사실 계획대로 되지 않은 모든 일은 어쩌면 다 실수다. 그래서 두 아이를 낳은 것도 실수였겠지만 나를 엄마로 만들어 지금의 나를 선물해주었다. 실수해도 실패하지 않는다. 다만 실수는 시간의 선물을 만나 엄청난 일을 만들어 줄 것이다.

엄마가 되는 것은 걸림돌이 아니라 디딤돌이다. 자신을 중심으로 돌던 우주를 내려놓고 아이라는 태양을 도는 행성이 되는 것이다. 내가 중심이 된 세상의 끝과 다른 중심으로 돌아야 하는 세상의 시작으로 전환이다. 엄마라는 자리는 내가 가지고 있는 무엇이 아니라 내가 하는 무엇이다. 지금 내가 할 수 있는 일은 무엇일까? 내가 다시 육아하는 것은 디딤돌이 되어 이 순간의 나로 다시는 오지 않을 것이다. 그래서 이 시간에 더 집중하고 이 시간에만 허락된 것을 하고 싶었다. 다시 오지 않을 이 시간에 조금은 여유로운 마음으로 아이를 바라볼 줄 알게 되었다. 그런 눈으로 나 자신도 끝까지 놓치지 않을 것이다. 그래서 엄마 자리는 불가능의 예술가가 될 수 있는 시간이다.

누군가의 허락을 구하면서 엄마를 하는 사람은 없다. 하지만 80살이 되었을 때를 상상했다. '엄마가 된 것을 후회할까?' 나는 오히려 되지 않고 시도하지 않은 것을 괴로워하리라 생각했다. 대신 노력하고 실패한 것을 후회하리라 생각하지는 않는다. 내가 육아하면서 실수라고 느낀 실패의 감정들은 지금의 내가 엄마로 주춤하는 내 마음에 우아하게 저항하게 만들었다. 어쩌면 코로나19는 내 생각을 바꾸는 고마운 넛지가 되어 한 발짝 용기가 되었다.

우리는 언제 미래에 대해 생각할까? 나는 자주 이런 질문이 머릿속에 떠오른다. 앞으로 나의 미래는 어떻게 될까? 코로나 팬데믹 이후 부쩍 앞으로 어떤 것이 변할까 하고 변화에 대한 갈증이 많아졌다. 그래서 항상 '미래'를 얘기하려 한다. 동시에 아이의 미래를 함께하는 것도 어쩌면 나의 미션이라고 생각한다.

2

삶의 군더더기를 버리는 시간

나는 완벽이라는 군더더기를 버렸다. 군더더기가 없는 것이 완벽한 것이 아니었다. 내가 전자책을 써서 팔아보겠다고 마음을 먹은 것은 호기심이었다. 코로나19로 모든 것이 비대면으로 탈바꿈하는 시대에 책 역시 비대면 시장이 활발히 개척될 것이라는 생각은 누구나 할 수 있다. 자연스러운 호기심이지만 언감생심 '내가 직접 전자책을 만들 수 있을까?' 라는 생각은 하지 않는다. 하지만 실제 거래되고 있는 전자책 사이트의 책 내용을 보면서 생각이 달라졌다. 내가 본 전자책 사이트의 책들은 자신의 노하우와 정보가 큐레이션 되어 실용서 위주로 거래가 활발하게 되고 있었다. 그래서 나는 시도를 해보았다. 내가 오픈한 '엄마의 자기관리'라는 오디오클립에 대한 개설 노하우를 정리도 할 겸 소재로 택했다. 1인 콘텐츠 시대에 대세인 유튜브가 좋기도 하지만 여러 투자 대비 효율성이 떨어진다고 판단했다. 그래서 오디오클립라는 것을 자신의 콘텐츠 도구로 삼아도 훌륭한 것이다. 무엇보다 엄마라는 시간적인 효용 가치로 오디오클립이 더 좋을 수가 있기 때문이다. 그 단순한 생각으로 판매사이트에 등록이 가능한 분량만큼만 채울 것을 결심하고 쓰기 시작했다. 잘 쓰고 못 쓰는 것은 결국 소비자의 판단에 달려있기 때문이다. 그래서 '20장만 채우자'라는 생각으로 완성을 했다. 그 분량을 채우고 판매사이트에 등록을 하기까지 내가 걱정했던 기우는 일어나지 않았다. 바로 글을 잘 쓸 수 있을까, 내용이 괜찮게 나올까 하는 것에 대한 지적은 아무도 할 수가 없었다. 늦둥이가 자는 고요한 한밤중 시간을 이용해 파워라이팅으로 집중해서 완성을 했다. 하는 동안 내가 왜 이러고 있는지 참 애쓴다 하면서 이왕 여기까지 왔는데 일단 마무리나 해보자며 스스로를 다독인 후에야 완성을 할 수 있었다. 일주일 걸린다는 승인시간이 이렇게 애가 탈 수가 없었다. 그런 애달픔 때문인지 크몽에 승인을 받고 나니 그것 역시 성취감이 대단했다. 그 순간만큼은 나는 무엇이든 하면 되는 사람이었다. 쓰는 동안은 그것만 생각이 났다. '에라 모르겠다 대충 끝이라도 내자'라는 마음으로 끌고 갔다. 그런 다음 다듬기 시작했다. 한번 마무리가 되면 그것 자체가 동력이 되어 새로운 출발선이 되었다. 다시 보게 되면 보이지 않았던 새로운 시각이 생겼다. 결과적으로 작업의 질이 더 올라가게 되었다. 그래서 가급적 완벽하게 하나하나 집어가면서 완성하려고 덤비지 말아야 했다. 비단 전자책을 쓰는 것뿐만 아니라 고백하건대 선거도, 의정 생활, 박사학위, 대학 강의, 그림 입상, 오디오클립 승인, 전자책 판매 이 모두가 애초부터 완벽한 것이 없다고 생각했었기 때문에 가능한 일이었는지 모른다.

그리고 얼마의 시간이 흘렀을까? 내 전자책이 팔린다. 판매 수익이라 말하기 뭣하지만 몇 권이 팔리고 나니 '내가 해봤더니'라고 딸아이에게 자랑처럼 말할 수 있었다. 헛짓은 없다고 전자책이 실제로 몇 권 팔리고 나니 스스로에게 엄청난 동기부여가 되었다. 이렇게 디지털 세계 속에서도 사람들이 끊임없이 배움을 갈망하고 도전하고 있었다. 그리고 나도 그런 사람 중의 하나였다. 하지만 딸아이는 그런 전자책을 엄마는 아무렇지 않게 써버렸다고 생각하는 것 같았다. 심지어 다른 사람에게 그것을 팔기까지 한 것을 보고는 신기해했다.

원래 그런 사람 같았다. 완성이 된 모습을 보고 있으면 지나온 과정이 그려지지 않는다. 본디 그 모습으로 이미 완성된 것처럼 말이다. 화장한 모습으로 첫인상을 마주했다면 민낯으로 마주했을 때도 화장한 그 모습이 투영되는 것처럼 말이다. 오디오클립을 개설해보고, 전자책을 등록하고 나니 나는 원래 잘하는 사람처럼 되어있었다. 그러면서 받은 질문은 어떻게 그렇게 할 수 있었느냐는 것이다.

완벽한 것은 애초에도 없었다. 우리가 완벽하다고 생각하는 순간은 의외로 스스로 그렇게 판단하는 경우가 적다. 만약 내가 완벽하게 준비되었다고 생각하더라도 누군가의 말한마디에도 한순간에 무너지고 마는 것이 허다하다. 반대로 세상이 제아무리 완벽하다 칭찬을 하더라도 실제 이런 경우도 드물지만 더 완벽할 수 있었는데 하며 스스로를 채찍질하는 경우가 더 많다. 그래서 스스로 완벽하다 인정하던지 타인의 평가에 완벽을 결정해야 한다. 타인의 평가를 목표로 한다면 평가를 받는 시점까지 스스로 완벽해야 한다는 무한 굴레에 갇히게 될 것이다. 그래서 너무나도 훌륭한, 수많은 아이디어들이 완벽주의 때문에 세상에 빛을 보지 못하는 것이다. 다른 사람들에게 평가받기 위해 공유할지 말지를 결정할 때 당신이 던져야 할 필요한 질문은 완성되었느냐가 아니다. 진짜 내가 마주해야 할 질문은 지금까지 해온 것들에 나의 잠재력이 과연 잘 반영되어 있느냐 하는 것이다. 그래서 나는 나 스스로를 포기만 하지 않으면 되었다. 그것이 완벽하지 않더라도 나를 지속하게 하는 힘이다.

"이거?" 늦둥이는 고개를 흔들었다. "이거?" 나는 이제 끝내고 싶다는 생각이 가득해 늦둥이 눈치를 몇 번 살폈다. 그래서인지 늦둥이 쪽으로는 완전히 눈을 돌리지는 않았다. 무엇을 가리키는 손가락을 못 본 양 지나치려고 했다. "어! 어!" 보라는 듯이 옹알이를 쏟아냈다. 아까 말해준 것 같은데 또 같은 것을 가리키고 있었다. "그거 말이야, 아까 말해준 거잖아" 하니 고개를 끄덕이듯 '엄마도 알고 있네'라는 눈짓으로 씩 한번 웃어주었다. 그러면서 또 같은 것을 가리켰다. "아기 상어, 아까 말해준 거네"라고 하자 이제야 만족스러운 대답이었는지 다음으로 넘어갔다. 그 옆을 가리키며 또다시 되돌이 질문이 시작되었다.

아이의 반복되는 질문에 지치지 않고 대답해주는 좋은 엄마가 지쳐가고 있었다. 지쳐가는 나만큼 아이는 더 신나고 있었다. 이제 다 알 것 같은데 또 다시 묻고 싶어 했다. 나는 고개를 떨구고 최대한 눈을 마주치지 않으려고 했다. 늦둥이는 내 눈 앞까지 바싹 와서는 자신의 손으로 내 얼굴을 들어 올리기까지 했다. 생각보다 무거워 자신의 힘에 부친 모양이었다. 내 얼굴 앞으로 자신의 얼굴까지 밀어 넣어가며 내 눈과 마주쳤다. 화들짝 놀란 나는 지치지 않고 끝까지 대답해줄 것이라고 다짐했다. 그리고 이제야 얼굴을 들어 좋은 엄마 표정을 지어주었다. 어느 날부터 나에게 아기상어를 가리키며 자신이라고 자신의 손을 가슴에 대고 나를 쳐다본다.

나는 박사학위를 준비하면서 제대로 먹지도 자지도 못했다. 정확히 말하면 밥이 넘어가지 않았고 잠이 오지 않았다. 신경이 곤두서서 다른 일에는 일절 감각이 없어져 버렸다. 그래서인지 몸무게는 40킬로 아래로 내려가 몸은 한결 가벼워져 머릿속 생각마저 날아갈까 밥을 억지로 챙겨 먹어야 했다. 그렇게 논문 심사가 진행되고 있었다. 원래 너무 긴장하고 잘해야겠다고 압박을 느끼면 말이 더 경직되고 평소보다 안 되는 법이다. 그 시간이 얼마만큼 어떻게 흘러갔는지 기억조차 나지 않았다. 질문이 오고 가고 모자라는 부분에 대한 날카로운 요구가 가슴과 머리를 찔러대는 지적이 끝나고야 나는 정신이 들었다. 각 심사위원의 요구와 지적사항을 담은 평가논문집 5권을 집어 들고서야 내가 비틀어 쥐어짜진 걸레가 된 것을 알아차렸다. 그날 자정을 넘어 집으로 돌아가는 길이었다. 까만 복도의 센서 등에도 내 존재가 잡히지 않았다. 찰나에 나는 포기해야겠다는 쪽으로 마음이 기울었다. 그리고 순간 홀린 듯이 학과 조교에게 전화를 넣었다. 마치 신들린 사람처럼 질문을 쏟아냈다.

"조교님, 오늘 1심 끝났는데 지금 수정을 준비하고 있습니다만… 원래 그렇게 지적이 많나요? 아니면 이렇게 말씀하시던데 그 저의가 무언가요? 또 이런 말씀도 하시던데 그건 너무 잘못된 방향이라서 그렇게 말씀하신 거 아닐까요?"

한참 동안 기억이 나지 않았는데 내 가슴에 꽂힌 말들을 술술 쏟아냈다.

"참, 저는 안 되겠어요. 지적을 받은 부분을 모두 합치니 완전히 새로 써야 되는 수준입니다. 그건 하지 말아야 된다는 말 같아요. 그래서 이런 상황을 질문드릴 수밖에 없었어요."

"아… 하하하…."

전화기 너머 조교의 웃음소리인데 진짜 웃는 소리인지 내 귀가 의심이 되었다.

"지금 몇 시인지 아시죠?"

곤한 잠꼬대 같은 목소리로 내게 말했다.

"네. 너무 죄송하지만 내일 아침까지 제 면목이 완전히 없어질까 봐 지금 전화를 드렸어요. 거듭 죄송합니다."

하늘의 별도 들을 수 없을 만큼 내 목소리는 기어들어가고 있었다.

"잘 하고 계세요. 원래 그런 거예요. 논문의 수준을 최대치로 올리려고 심사하시는 교수님들이 지적해 주시는 겁니다. 박사님 원래… 다 그 정도 이상의 바닥을 찍어요."

"그런 위로의 말이 통하는 정도가 아닙니다. 그 자리 안 계셔서 그래요. 새로 써야 되는 수준이라니까요. 안 보셔서 그렇죠. 어림잡아 몇 백 페이지를 날리는 것은 도저히 제가 수준이 안돼서 그러시는 게 분명해요."

"하하하, 이 시간에 그 정도 고뇌면 지금 바닥을 지나고 계세요.”

“그리고 포기하시면 절대 안 됩니다. 원래 그런 거예요. 다들 그래요.”

“진짜일까요?”

“내 말 믿으시고 포기하시면 안 됩니다. 포기만 안 하시면 됩니다.”

조교는 냉정한 톤으로 돌변하여 또박또박 말해 주었다.

“하나만 더 물을까요?”

“아니요. 포기 안 하신다고 하시면….”

“네 믿어볼게요. 늦은 시간 너무 죄송해요. 미쳐가고 있어요.”

“하하… 네.”

그 조교의 말이 믿기지 않았지만 새벽을 잡고 있는 나는 내일 아침의 태양을 맞이해야 하니까 믿어야 했다.

내 얼굴 앞까지 와서 내 눈을 마주치며 엄마의 최대치를 끌어내고 있는 아이를 볼 때면 나는 그 새벽 그 전화 너머의 조교의 목소리가 들린다. 지금 내가 어디로 가는지 잘 모르겠거든 물어야 했다. 답이 아닌 것 같으면 답이 나올 때까지 물어야 하고 답을 모르겠거든 모른다고 물어야 했다. 그리고 그것을 그저 믿는 수밖에 없다. 오늘도 아이는 다 알면서도 내가 믿지 못하는 것을 눈치챘는지 같은 것을 가리키며 묻기 시작했다.

나는 걱정이라는 군더더기를 날려버렸다. 일어나지 않을 문
제 때문에 고민하는 것을 버리기로 했다. 아이는 파란 블록,
빨간 블록, 노란 블록을 포개어 쌓기 시작했다. 어느새 자신의
키만큼이나 쌓아 놓았다. 두서너 개 쌓은 것을 며칠 전에 본
것 같은데 어느새 자신의 키만큼 높이 쌓고 있었다. 신기하게
도 그게 뭐라고 기특하기까지 했다. 나는 세상 놀랄 감탄사로
마구 호들갑을 떨었다. 칭찬을 아는지 아이도 그 소리에 입가
가 실룩거렸다. 온전히 웃지 않는 것을 보니 별거 아닌데 엄
마가 호들갑을 떤다는 것도 눈치를 챈 모양이었다. 가까이 가
서 보니 아까 저만치 떨어져서 볼 때보다 블록의 끼워진 상태
가 위태위태했다. 그런 상태에서 아이는 자신의 키 높이를 넘
어 하나 더 끼워보겠노라 시도를 하고 있었다. 조금만 건드려
도 와장창 무너질 것 같았다. 아니나 다를까 손에 쥔 블록을
가까이 대기만 했는데 와르르 무너졌다. 아이는 약간 놀란 듯
나를 쳐다보고 위로를 구했다. 나는 "무너졌네"라고 아무런
감정 없이 받아쳤다. 다시 흩어진 블록을 또 쌓으려고 했다.
자신의 키만큼 한번 쌓아보았으니 거기까지는 별일이 아니라
는 듯이 아무렇지도 않게 말이다.

나는 큰딸에게 "엄마가 책을 쓰면 무슨 이야기로 주제를 정

하는 것이 엄마다운 것일까?" 하고 물었다. 젓가락질을 가만 멈추더니 내 눈을 쳐다보며 말했다. "엄마는 한번 마음먹은 것은 쉽게 해내는 것 같아." 나는 그 대답에 흠칫 놀라 허리를 치켜세웠는데도 티는 내지 않으려고 노력했다. "보통 어렵거나 시간이 오래 걸리는 일들을 아무렇지 않게 해내는 것 같아. 심지어 결과물도 척척 나오니 말이야. 몰라~. 내가 보기에는, 안 보이게 노력했겠지만…."

더 듣고 싶었다. 내가 생각하는 나보다 나를 더 과하게 평가하고 있어 기분이 들떴다. 그래도 '나 원래 그런 사람이야.' 하며 잠시 우쭐했음을 티내고 싶지 않을 만큼 침착하게 입을 열었다. "호호, 아무렇지 않게 뚝딱 하지? 대충하는 것 같은데 그럴싸하게 보였나?" 속으로 많이 떨리고 들키고 싶지 않은 무언가를 애써 감춰야 될 것 같은 기분을 꼭꼭 숨기고 있었다. 늦둥이를 낳고도 팟캐스트 녹음과 연재를 배워서 네이버 오디오 클립을 처음으로 연재했다. 그리고 기대도 하지 않은 네이버 승인을 받아 잠시 세상을 가진 듯했다. 아마 그때 내가 딸에게 너무 부풀려 자랑을 해서일까라는 생각이 스쳤다.

사실 팟캐스트를 단기간에 배우고 심지어 네이버에 연재아이템과 완성도로 승인을 받아 내는 것은 그렇게 쉬운 일은 아닌 듯했다. 같이 배운 사람 중에 바로 통과를 해낸 사람은 바

로 나 혼자뿐이었다. 나 역시 단기간에 배워서 바로 승인이
날 것이라고는 전혀 기대를 하지 않았다. 기대가 전무했기 때
문일까? 뜻밖의 승인 소식은 내게 한없는 성취감을 주었다.
그리고 딸에게 승인받은 클립을 들려주었다. 전혀 그 목소리
가 자신의 엄마라고는 상상을 하지 못하는 눈치였다.

"내가 요새 듣는 건데 함 들어봐" 하며 무심코 얘기를 흘렸
다. 하지만 신경은 온통 딸아이 반응에 곤두서 있었다. 엄마의
취향이라면 딸이 어느 정도는 존중해주는 정도의 귀 기울이기
로 듣고 있었다. "저 사람? 목소리는 좋은데?"라고 짧게 평가
를 했다. 그저 예의로 하는 말인지 숨겨진 진심을 살피며 피
식 웃어 보였다. 살포시 '난데!'라고 외쳤다. "어? 엄마라고?"
무슨 소리냐는 표정으로 고개를 돌렸다. 딸아이의 놀란 반응
이 내심 재미있었다. 그리고 나라고 알아차리지 못하는 것에
은근히 기뻤다. 목소리의 진짜 주인공이 엄마인 사실을 알아
차린 딸아이의 입가에 존경과 놀람이 함께 묻어났다.

연신 "어떻게 했어? 엄마 직접 목소리로 녹음을 했어? 어?
괜찮은데… 배경음악은?" 질문이 쏟아졌다. 별거 아니라는 식
으로 어깨를 몇 번 들썩이며 말해주었다. 그래서 우리 딸은
엄마가 하고 싶은 것은 쉽게 해낸다고 생각하게 된 것 같다.
그렇게 마음먹은 것을 쉽게 해낼 수 있는 방법, 그리고 도전

하는 마음 자세를 다른 이에게 전달해 주면 좋겠다고 말했다. 그리고 한마디 더 덧붙여 말했다. 책 쓰기 역시 그렇게 엄마 스타일로 하면 될 것 같다고 말이다.

나는 타인의 시선에 대한 군더더기를 버렸다. 온라인에서 자신을 감추면 기회를 갖다버리는 것이라는 글을 보고 번뜩했다. 더 이상 신비주의는 자리할 곳이 없었다. 나도 온라인으로라도 세상과 소통해야 한다고 마음이 소리쳤다. 그래서 국민 언니 김미경의 리부트를 읽고 있던 차에 그녀처럼 되고 싶었다. 나는 추격이라는 단어로 완벽해 보이고 싶은 사진을 하나 골라 올렸다. 예전에 김미경선생님이 오프라인 강의 차 부산 벡스코에 왔을 때 강의를 마치고 백화점 자라매장에서 쇼핑을 하고 있었다. 나도 그때 딸과 함께 자라매장을 둘러보고 있었다. 생각보다 키가 크고 스타일리쉬한 그녀를 보고 놀라웠고 반가웠다. 나를 모르는 그녀였지만 나는 오래전부터 알고 지낸 언니 처럼 아는 체를 했다. 그리고 함께 다정하게 사진을 찍었고 다시 만날 사이처럼 헤어졌다. 사진을 찍어줬던 딸은 별일 아니라는 듯이 물었다.

"누군데 같이 사진까지 찍어줘? 찍어 달래?"
"야… 내가 찍어 달라 했는데. 스타 강사 김미경 씨야."
"엄마 사진이 더 잘 나오게 찍은 거 같아… 나 잘했지?"

맞다. 적어도 이 순간 딸에게 김미경, 그녀는 중요하지 않았다. 우리 엄마 사진을 더 예쁘게 찍어줘야 한다는 일념으로 큰딸아이는 핸드폰을 꽉 잡았을 것이다. 그 사진은 나에게 완벽하게 기분 좋은 추억이 되어있었다. 그 사진을 페이스북 재가동 사진으로 올리고 나는 그녀 처럼 추격자가 되어 세상에 나가고 싶었다. 오랜만에 등장한 나를 모두 반가워했지만 유독 한 사람은 달랐다. 딱 잘라 반말로 "이미지 메이킹 하지 마라"라고 쓰여 있었다. 놀란 마음에 거북이가 등 껍데기에 숨는 듯 바짝 주눅이 들었다. 그러면서 화가 스멀스멀 올랐다. 나는 나를 다독여야 했다. 누구인지도 모르겠고 어쩌면 본 적이 있지만 내가 기억하지 못하는 관계 아니면 그저 온라인상의 관계, 나도 그 사이를 알고 싶었다. 아는 사이라면 그런 말을 하지 않았을 것이고 온라인만의 어떤 관계였더라도 그런 말을 함부로 할 수 있는지, 나는 두 아이의 엄마요, 누군가의 아내요, 그러기 전에 그저 한 사람이요, 이런 저런 생각에 화가 뻗치고 있었다. 그런 사람에게 화가 나는 것도 화가 났다. 상대하고 싶지 않았다. 과감히 무시라는 말이 떠올랐다. 이미지를 메이킹 하고 싶은 마음은 없었지만 이미지는 메이킹이 되는 것이라는 것을 알아차린 순간이었다. 특히나 메이킹이라는, 만들어 갈 수 있다는 말이 매력적이었다. 하지만 나의 열정을 업신여기는 오직 소수의 사람은 멀리해야 한다. 정말 위대한 사람들은 나 또한 위대해질 수 있다고 느끼게 만들기 때문이다.

 늦둥이가 아장아장 걷는 것이 즐거울 무렵부터는 놀이터를 자주 나가자고 했다. 형, 누나들이 무리 지어 있는데 자기도 은근슬쩍 끼고 싶어 했다. 하루는 20개월 남짓 또래로 보이는 아이가 놀이터 미끄럼틀 위에서 울고 있었다. 슬라이드로 내려오지도 계단으로 다시 돌아가기도 영 시원찮았던 모양이다. 조금 지나자 대성통곡을 했다. 울 늦둥이는 미끄럼틀을 탈 모양인지 난간을 잡고 계단을 올라갔다. 그러다 그 울고 있던 아이 옆을 지날 때쯤 갑자기 쪼그리고 앉았다. 그러더니 그 아이 얼굴에 자신의 손을 대고는 눈물을 닦아주었다. 울고있는 아이의 엄마는 깜짝 놀랐고 놀란 나는 흐뭇해했다. 내가 본 광경처럼 아기는 두 돌 정도만 되어도 다른 이의 고통을 공감 할 수 있다. 곰곰이 생각해보면 조리원에서 신생아실 창문 너머로 아기들을 볼 수 있다. 그런데 한 아기가 빽- 하고 울기 시작하면 다른 아기들도 따라 우는 경우를 목격할 수 있다. 우리는 본디 타고날 때부터 타인의 고통을 본능적으로 이해하는 동물이었다.

 내가 알고 있다는 말만큼 세상에 무서운 말이 또 있을까? 남도 한 번쯤 속일 수 있고 그럴듯하게 포장도 해 보일 수 있다. 심지어 나 자신에게조차 합리적인 이유를 들어 변명할 수도 있다. 하지만 손바닥으로 하늘을 가린 그 순간, 남들이 보거나 알아주지 않아도, 나는 알고 있는 그 순간이 있다. 나의 경우는 마른 비만이기 때문에 설탕이나 초콜릿 같은 달달한 음식 섭취를 의식적으로 줄이려는 관리를 해야 하면서도 커피에 시럽 한 스푼을 더 넣고 휘핑크림 풍성하게 올리는 것을 잘 참지 못한다. '이번 한번 먹는다고 그리고 한 숟가락 더 넣는다고 뭐가 달라지겠어?' 하며 당장 큰 변화를 불러오는 것도 아닐텐데하고 합리화를 한다. '이 정도는 괜찮겠지' 하는 것들이 늘어날수록 점점 스스로와의 타협하는 횟수과 경우도 커져간다. 그런데 무엇보다 중요한 건 '나는 알고 있다'라는 것이다. 내가 세운 결심이나 규칙이 조금씩 변경되고 있다면 좋지 못한 결심들, 사소한 실수들, 작은 변명들이 매일같이 조금씩 반복되고 있는 것이다. 조금씩 잘못을 계속해 나가면 이 작은 선택들은 켜켜이 쌓여 해로운 결과들을 만들게 된다. 그러니 세상에 이렇게 무서운 말이 또 없다.

누구나 남들에게 잘 보이고 싶고 인정받고 싶어 한다. 특히 SNS로 둘러싸인 네트워크 세상에서, 지구 반대편에 있는 사람들에게서 조차 인정을 받아서 '좋아요'를 받고 싶어 한다. 하지만, 이 세상에서 가장 만족시켜야 하는 사람은 좋아요를 눌러주는 사람보다 결국 나 스스로일지 모르겠다. 남들을 신경 쓰지 않고 스스로 목표한 기준에 맞춰 해냈을 때, 그 작은 성취감들이 쌓여 자존감이라는 것이 높아졌다. 왜냐하면 자존감은 외적인 칭찬에 의한 것이 아니라, 자신 내부의 성숙한 사고와 가치에 의해서 결국 얻어지기 때문이었다. 그래서 진짜 자존감이 강한 사람은 주변 환경에 의해 일희일비로 흔들리지 않았다. 성공한 사람들을 보면, 그들은 남들의 칭찬이나 평판에 상관없이 꾸준하고 엄격하게 스스로와의 약속을 지켜나갔다. 그들의 기준은 바로 '자신 스스로'다. 맡은 일의 크고 작음에 상관없이 최선을 다하는 모습이 쌓이고 쌓여, 최종 결과의 큰 차이를 가져오고, 때론 뭉클한 감동을 주기도 했다. '그냥 대충 살지' 하는 사람들이 그들을 볼 때면, 누가 알아준다고 그렇게까지 하느냐며 아둔하고 답답해 보일 수 있을 것이다. 하지만 그들은 이미 답을 알고 있다. 바로 '내가 알고 있다'라는 것을. 그것 하나만으로도 이유는 충분했다.

3

이 밤의 나를 잡고

무조건 아이는 9시 전에 재우는 것이 좋다. 성장호르몬이 나오는 시간에 충분히 일찍 재워야 아이가 잘 클 수 있기 때문이다. 그보다 내가 아이를 일찍 재워서 가장 좋은 이유는 엄마의 시간이 끝나고 나의 시간을 가질 수 있기 때문이다. 나는 일찍 재우기 위해 놀이터에서 한 시간씩 몸으로 놀아줬다. 실컷 놀다 보면 어느새 허기가 지고 없던 밥맛과 짧은 입맛은 배고픔이 반찬이 되어 주었다. 이렇게 아이의 열정이 소진되고 배가 든든하니 행복하게 깊은 잠으로 수월하게 들어갈 수 있었다. 아이를 재우러 기쁜 마음으로 들어갔다가 행여 내가 같이 잠이라도 든 날에는 다음 날 아침 그렇게 화가 날 수가 없었다. 그래서 나는 아이를 재우며 내가 잠들지 않으려 애를 썼다. 어떤 날은 빨리 자지 않는 아이에게 조바심도 났다. 그런데 아이는 조바심 내는 내 마음을 어떻게 알고 있는지 자신도 쉬이 잠들지 않고 그런 나를 신경 쓰고 있었다. 무언가 신나는 일을 엄마 혼자 할 것 같은 기분을 느낀 모양이다. 그래서 나는 편하게 마음을 먹고 혹시나 아이를 따라 잠이 드는 날에도 그냥 나를 내버려 두고 나니 아이를 따라 잠이 들지는 않았다.

육아에 집중하는 나에게는 어쩌면 코로나 팬데믹은 감사했다. 세상이 변하는 것이 눈에 보일 정도니 모두가 변하지 않으면 안 되는 세상이 되고 있었다. 나는 미래를 알고 싶었다. 하지만 누구하나 미래를 장담할 수 없었다. 그래서 막연히 나도 다시 시작할 수 있을 것 같았다. 먼 미래라고 생각했던 것이 코로나 팬데믹으로 먼저 와 버려서 모두가 뒤쳐지고 있으니 육아를 하는 동안 내가 뒤처진 게 아니었다고 말해주는 것 같았다. 그래도 두려움은 아직 남았다. 두려움은 내가 원하지 않는 동반자였다. 내가 죽기 전에는 절대 나를 떠나지 않기에 나는 공생을 택할 수밖에 없었다. 대신 자신감은 내가 원하는 동반자이기에 어르고 달래서 같이 가고 싶었다. 육아가 데리고 온 두려움을 거름으로 코로나19는 나에게 자신감의 싹을 트게 했다.

살다 보면 원하든 원하지 않든 시련이 온다. 그 시련 앞에서 담담할 수 있게 해주는 것이 독서라고 했지만 나의 경우는 좀 달랐다. 전혀 책이 읽히지 않았다. 2018년 참 견디기 힘들었다. 무엇하나에 마음을 주기가 힘이 들 정도였다. 책을 읽어야겠다고 생각하고 꺼내 든 책이 한병철의 피로 사회였다. 이유를 찾고 싶었기 때문에 선택한 지도 모르겠다. 아주 얇디얇은 책이지만 내용은 난해했다. 요즘을 사는 우리는 할 수 있다는 긍정으로 무장하고, 하면 된다는 끊임없는 열정으로 스스로를 혹독하게 내몰아 성과를 내게 하는 주체들이었다. 그런 자기 착취의 한계로 우울을 만들어내는 피로한 사회에 살고 있다고 말이다. 그래서 나의 시련은 내 탓이 아니고 바로 그런 사회 탓이라고 여기고 위로 받고 있었다.

온라인으로 만난 황상열 작가는 스스로 힘이 들어 자살까지 생각했다는 말에 몇 년 전 내가 생각났다. 귀를 쫑긋 세웠다. 그리고 자신이 살기 위해 생존 독서를 하고 글쓰기로 그 시간을 이겨내고 책 출판이라는 결과물까지 얻게 되었다고 했다. 무려 7권 출판에 현재도 진행형이라는 것이 놀라웠다. 나도 나의 시련도 이런 출구를 찾아야 했다. 헤르만 헤세는 소설 데미안에 "새는 알에서 나오기 위해 투쟁한다. 알은 새의 세계이다. 누구든지 태어나려고 하는 자는 하나의 세계를 파괴하지 않으면 안 된다"라고 말했다. 나는 오늘도 나의 세계를 나오기 위해 이 밤의 끝을 잡고 투쟁하고 있었다.

4

아직 최고의 순간은 오지 않았다

나는 지금도 어디에나 있고 어디에도 없는 그런 엄마이다.
얼핏 보기에 그냥 평범해 보이는 일상이지만 나는 뭐든 최선
을 다했다. 그래서 돌아보면 내 인생 매 순간순간이 최고의
순간이었다.

아침이면 늦둥이를 어린이집에 데려다주고 집으로 돌아왔
다. 아파트 정원을 가로질러 가는 길은 언제나 변함이 없었다.
아무렇지도 않게 앞만 보며 달렸던 그 길이었다. 그 시절 자
주 보고 싶었던 것은 오히려 시계였다. 철저하게 계산이 된
출근길이거나 목적이 있는 방향으로 가야 하는 길이었다. 그
길에는 내가 제일 중요했다. 나를 제외한 것들은 그 공간에
그저 스쳐 지나가는 순간순간에 불과했다. 하지만 아이와 함

께 거닐게 되는 모든 공간에서는 주인공이 내가 아니었다. 그러면서 나를 둘러싼 모든 것들이 눈에 들어왔다. 그러면서 앞에 돌부리가 있을까 노심초사, 울퉁불퉁한 길에 턱이 생겼을까 안절부절못했다. 아이가 지나가게 될 그 앞길에 내 아이의 발걸음이 모자랄까 언제나 마음을 졸였다. 행여 지나가다 단숨에 넘어지기라도 하면 무조건적인 반사로 아이에게 달려갔다. 아프고 속상한 내 마음은 아이에 대한 애틋함으로만 가득했다. 동시에 나는 그 순간 그 공간에서 가장 애틋한 존재에게 모자람을 채우기 위한 존재로만 남아 있었다.

그런 아이와 매일 이별 연습을 하고 돌아오는 그 길은 오롯이 나만 남아 있었다. 신기하게 아이와 함께일 때보다 주변이 덜 눈에 들어왔다. 그런 내게 오늘은 신기하게 비둘기가 내 옆에 날아와 앉았다. 내려오며 살포시 착지하는 날갯짓 모습까지 생생하게 보였다. 연신 인사를 하듯 머리를 앞뒤로 조아리며 나를 향해 다가왔다. 나는 한참을 쳐다보았다. 문득 무슨 이야기를 해주는 것 같았다. 다시 자유롭게 날 수 있으니 걱정하지 말라고 했다. 내 눈빛에 대답이라도 하듯이 고개까지 연신 끄덕여 주는 것이 이내 내 마음을 다독여주기에 충분했다.

길이 끝나는 곳에서 길이 다시 시작되었다. 내 인생에서 이 시점에 도달한 것에 진정으로 지금도 믿기지 않는다. 그래서 흥분되기도 하고 한편으로는 많은 두려움과 불안함도 뒤섞여 있다. 설마 설마를 예상했고 설마는 실제 발생했다. 임신을 하고 출산을 하고 그리고 지금 책을 출간하기 위해 글을 쓰는 순간도 그렇다.

세상을 향한 욕망을 억누르지 않을 것이다. 우리는 욕망이라고 하면 욕심처럼 무언가 부정적으로 탐하는 느낌을 가지고 있다. 그래서 뭔가 해보고 싶은 욕망은 절제되어야 했다. 하지만 인생은 욕망 그 자체이다. 나를 억누르게 만드는 모든 것을 애증하면서 실수도 하고 놓치기도 한다는 것을 인정하는 그런 내가 될 것이다. 언제나 남보다 넓고 깊은 경험을 누릴 수 있는 자세, 생각하는 것을 행동으로 만드는 노력, 주변과 타인을 살필 여유를 찾아야 한다. 모자란 게 많아서 늘 무언가가 아쉽지만 그 모자람은 바로 나에 대한 애틋함이 남아 있기 때문이다. 모자람을 다 채울 필요도 없다. 부족함이 많더라도, 시도했다는 것만으로도 나는 충분히 자랑스럽다. 아직 피우지 못한 나의 잠재력이 너무 많다. 시도해보지 않고 무엇이 들어있는지 나조차도 알기 힘들다. 하나만 인정하자. 나조차도 나를 정확히 모른다는 사실이다. 그러니 나를 찾아 더 이상 다른 곳에서 헤매지 말아야 한다. 내가 가진 모든 것이 꿈이었다는 것을 내 안에서 나를 찾아야 한다. 늦게 피는 꽃이 있을지언정 절대 피지 않는 꽃은 없다는 것을 말이다. 내 마음은 고요하지만 그렇다고 엄마인 지금이 무료하지는 않다.

우리가 사는 세상이라는 곳은 참 시끌벅적한 곳이다. 세상은 나날이 더 화려해지고 더 복잡해질 것이다. 당연히 초심을 지키기 더 어려워질 것이다. 하지만 엄마인 나는 변하지 않았다. 16년이 지난 지금 엄마의 그 마음만 그대로이다. 어떤 환경에 있던, 어떤 관계를 하던 자신을 파악하고 있는 사람이 강자라는 생각이 든다.

다시 육아를 하면서 오롯이 나를 뒤돌아볼 수 있었다. 아이들이 나를 다시 보게 했다. 어느덧 새벽밥을 먹으며 엄마보다 더 나아지기를 바라는 첫째와 그런 엄마도 더 소중하게 만들어주는 늦둥이 아들에게 나는 어떤 엄마로 남을 것인가? 결국 내가 또 보였다. 그래서 나는 나를 놓칠 수 없다. 완전히 있는 그대로의 모습으로 내가 되었다. 인생을 바꾸고 그래서 나를 다시 살려내는 엄마 자리가 되고 싶다. 두근두근 길이 끝나는 곳에서 엄마가 되어 길이 다시 시작될 것이다.

5

엄마 일내다

나는 한 글자라도 더 읽고 싶었고 한 사람이라도 만나고 싶었다. 종이신문과 책과 구독 메일을 즐겨보면서 온라인으로 만난 엄마들은 나에게 큰 영감을 주었다. 그 엄마들은 각 엄마의 자리마다 각자의 특권이 있었다. 특권이라 표현한 것은 나의 생각이 변하고 있었기 때문이다. 엄마마다 각자의 사연과 이야기는 자신이 만족했던지 그렇지 못했던지 모두 자신을 만들고 있었다. 그래서 그 특권으로 현재의 위치에 올 수 있었던 것이다. 스스로 개척해 가는 누구보다 높은 위치였다. 나는 그런 엄마들이 엄마들을 이해하고 놀 수 있는 플랫폼을 만들고 싶었다. 줌으로 옹기종기 공부하려고 엄마 7명이 다시 모인 날이었다. 나는 내가 그런 플랫폼을 만들어 보겠노라 공언했다. 그리고 실패하더라도 나의 경험을 공유하는 것이 우리에게 또 배움이 된다고 말했다. 사실 우리 중 누구도 그 이후를 채찍질하지 않았다. 나는 하고 싶은 도전을 스스로 합리화하고 있었던 것이다. 나는 내가 한 말에 대한 책임감이 누구보다 강한 사람이다. 정치를 하면서 그런 책임감은 더 단련이 되어있었다. 중소기업벤처부에서 예비창업자를 위한 지원프로그램에 도전했다. 코로나 팬데믹으로 비대면 심사로 이루어지는 것이 나의 도전을 더 자극했다. 육아도 잘하고 싶은 나는 언제나 실패와 성공의 손익분기점을 생각했다. 그런 면에서 비대면 심사로 이루어지는 것은 육아를 하는 나에게 기회를 주는 것이라고 생각했다. 그 이후 나는 자주 이 밤의 끝을 잡고 서류 작성에 매달렸다. 아주 운 좋게 서류가 통과되었다는 소식을 듣고 며칠은 믿기지 않았다. 다시 비대면 발표심사과 질의응답을 위해 이 밤의 끝을 더 놓칠 수 없었다. 발표 전날 연습삼아 큰딸아이 앞에서 발표시범을 보였다. 냉정하게 피드백을 달라고 주문을 넣었지만 딸아이는 훨씬 더 객관적으로 평가하고 있었다.

"엄마 왜 이렇게 못해? 나한테 발표 훈계 이제 하지 마, 너무 감이 떨어졌는데…" 호된 평가에 화들짝 놀라서 나는 그날 밤에 끝장을 봐야 했다. 아침이 되어서 온라인 수업 준비를 해야 하는 큰딸아이에게 다시 봐 달라고 부탁했다. "어제보다 확실히 나아졌어. 어제 내 말에 엄마 긴장 좀 되었나 봐…"

큰딸아이는 엄마인 나를 들었다 났다 했다. 내가 생각했던 것보다 확실히 더 커져 있는 사람 같았다.

발표시간 전까지 긴장의 끈을 놓치지 않았다. 그리고 나는 무사히 발표와 질의응답을 마쳤다. 웬지 연습했던 것보다는 더 자연스럽게 잘한 것 같았다. 그리고 나는 결과를 기다리는 동안 홀가분했다. 선정 발표 시간을 알리는 문자가 왔다. 발표일 저녁 6시에 선정이 된 사람은 '선정'으로 홈페이지 확인이 된다고 했다. 그날 6시 이후 핸드폰에 접속된 홈페이지 화면에서 '선정'이라는 글자만 찾고 있었다. '아뿔싸!' 내 기대와 달리 '선정'이라는 단어는 찾지 못하고 '접수'라는 글자만 떡하니 박혀있었다.

나는 감이 떨어져 있었다. 내 그럴 줄 알았다며 밀려드는 알 수 없는 배신감에 괴로웠다. 자책을 하다가 오기도 생겼다. 밤이 되어도 후회가 밀려 잠이 오지 않았다. 내일 아침에 전화를 해서 한번 확인을 해보자고 다짐을 하고서야 간신히 잠자리에 들 수가 있었다. 전화는 애타는 내 마음에 아랑곳없이 계속 통화 중이었다. 전화 연결까지도 포기해야 한다고 느낄 때쯤 상대의 목소리가 들렸다. 오히려 내 질문보다 대답이 훨씬 길어졌다. 전산상 오류가 생겨 아직 합격자 발표가 제대로 올라간 것이 아니라고 했다. 그러면서 오후가 되어야 하니 다시 기다리라고 했다. 안내문은 메일을 발송할 예정이라며 지옥에서 탈출하는 한 가닥 희망을 보고서야 전화를 끊을 수 있었다. 그래도 완충 작용 때문인지 결과가 좋지 않더라도 어제보다 후회는 덜 할 것 같았다. 내 감은 죽지 않았다. 천당과 지옥을 오가는 짜릿한 경험으로 '선정'이라는 메일 통보를 받고 다시 홈페이지로 '선정'이라는 글자를 발견했다. 그제서야 나는 기쁨을 주체하지 못해 누구라도 잡고 자랑하고 싶어졌다. 엄마가 엄마를 이해하고 엄마가 엄마를 이끌어주는 '엄마일내다'는 경력이 단절된 3040 엄마들을 위한 엄마가 일을 낼 수 있는 플랫폼으로 이제 막 시작될 것이다. 그 시작으로 내가 일을 낸 첫 번째 엄마이기도 했다.

스타트업으로 일어서려면 적어도 최소 3번은 망해야 한다고 했다. 우리가 이용하거나 이름 한번 들어봄직한 회사는 개미가 코끼리를 삼켰던 것이다. 스타트업을 성장에 비유한다. 아이가 매일매일 자라는 것 같이 해 나아가는 것이 바로 스타트업이었다. 그래서 성공과 실패로 나누지 않더라도 자라는 과정에서 느끼는 성장통은 필연적이다. 내 상상과 달리 실수와 실패는 눈앞에 널려 있겠지만 그것이 내가 있어야 할 곳으로 안내해 줄 것이다. 어쩌다 멋있고 종종 처참해질지 모르는 미래로 나를 맡겨본다. 어차피 내 앞에 정답은 없을 테니까!

6

아이들에게 물려줄 수 있는
최고의 유산

대한민국에서 그저 엄마로서 살아간다는 것은 결코 녹록하지 않은 게 현실이다. 그런 엄마들이 왜 다음 세대의 엄마들에게 이런 이야기를 해주지 않았던 것일까? 알았다면 다른 선택을 했을까? 엄마보다 더 나은 삶이 가능할까? 그래서 아이 낳지 않고 엄마 하지 않겠다는 선택을 막을 수 없는지도 모르겠다. 무엇이 그토록 엄마를 잔혹하게 내몰았던 것일까? 보통의 엄마들은 대단한 돈과 권력을 줄 수 없다. 대신 좋은 엄마가 있다는 것은 금수저를 가지고 태어나게 하는 것보다 더 어려운 일인데 말이다. 나는 아이에게 어떤 엄마의 모습으로 남을까? 종종 자신의 엄마 이야기를 하는 사람들이 자신도 모르게 울컥하는 모습을 많이 본다. 어떤 생각이 나서인지 모르겠지만 엄마라는 존재가 가슴 찡하게 만드는 것은 분명했다. 그저 보고 있는 나조차 우리 엄마가 떠올라 같이 눈물을 흘린다. 왜 엄마 생각만 하면 눈물이 날까? 무슨 엄마들에게는 그리도 사연이 많았던 것일까? 내가 엄마가 되어보니 엄마의 삶은 그 자체로 사연이었다. 그래도 나는 엄마에 대한 그 알 수 없는 아련한 마음이 이제는 바뀌어야 한다고 생각한다. 내 아이가 엄마인 나를 떠올리며 눈물을 흘리게 만들고 싶지는 않다. 가장 불평등한 시대에 살고 있다고 불평이 많은 시대다. 아이러니하게도 가장 많은 것을 누리는 시대에서 말이다. 모두가 완벽한 평등이 이루어지더라도 우리는 거기에서조차도 불평등을 찾아낼 것이다. 그래서 엄마들은 자신의 아이가 자신보다 더 나은 삶을 살기를 한결같이 바라고 있다. 그 바램, 한 가지 때문에 엄마들은 자신을 도구로 기꺼이 희생했다. 물론 어쩔 수 없는 것도 많이 있다. 하지만 어쩔 수 없는 것에 불평으로 손놓고 있는 것이 더 불평등하다 느끼게 만들 뿐이다.

나는 우리 아이가 나를 떠올리며 생각했으면 하는 모습으로 살 것이다. 우리 아이 입가에는 엄마를 떠올리며 미소가 한가득하다. 나는 이런 말을 듣고 싶다.

"우리 엄마는 내가 호기심에 만진 것에 지지하지 않고 기다려주었어. 그리고는 어떤지 어떤 느낌인지 물어봐 주었지. 항상 나를 존중해주셨어."

"우리 엄마는 자신이 하고 싶은 것이 있을 때 과감히 도전을 하셨지? 사실 그게 좀 멋있더라고."

"우리 엄마 음식 솜씨는 별로인데 함께 먹는 것이 즐거워서 자주 시도하셨지. 매번 실패한 원인을 말씀하시며 아쉬워했지만 다음에도 잘하지는 못했어. 그래도 그 식사시간은 매번 실패담에 즐거웠어."

"우리 엄마는 항상 자신을 가꾸는 모습이었어. 그게 자신을 너무 사랑하니까 이대로 늙은 것은 억울할 수는 있다며 오늘도 한바탕 뛰고 와서는 거울 앞에서 자신을 관리하셨지."

"나도 우리 엄마처럼 자신을, 자신의 삶을 사랑하며 살고 싶어, 그게 내가 우리 엄마에게 배운 것이야, 그래서 나는 엄마라는 금수저를 가지고 태어났어."

김진영

공학 박사로 대학에서 강의도 하고 구의원, 시의원으로 정치계에도 몸담았다. 큰딸아이가 16살 때 갑자기 늦둥이 아들이 생겼다. 그렇게 엄마자리로 강제 복직을 했다. 한 번 키워봤다고 육아가 나를 얼마나 괴물스럽게 만드는지에 대한 고민은 덜었다. 그런데 정치를 했어도, 육아를 한 번 해 봤어도 다시 시작된 육아는 참 별수 없었다. 그래서 이 책을 쓰기 시작했다.

- 공학 박사
- 엄마일내다 스타트업 대표
- 엄마의 자기관리(엄마자리) 오디오 클립 운영
- 국민의힘 부산광역시당 대변인
- 제7대 부산광역시의회 의원
- 제6대 부산광역시 해운대구의회 의원
- 울산대학교 건설환경공학부 겸임 교수 역임,
  부산대학교 건설융합학부 토목공학전공 시간 강사 역임
- 여성정책연구소 사무국장 역임

https://blog.naver.com/jin00902
https://www.facebook.com/kjin02
https://www.instagram.com/kimjinyoung0902
https://audioclip.naver.com/channels/4900

엄마 하시겠습니까

초판인쇄 2021년 12월 10일
초판발행 2021년 12월 10일

지은이 김진영
펴낸이 채종준
펴낸곳 한국학술정보㈜
주소 경기도 파주시 회동길 230(문발동)
전화 031) 908-3181(대표)
팩스 031) 908-3189
홈페이지 http://ebook.kstudy.com
전자우편 출판사업부 publish@kstudy.com
등록 제일산-115호(2000. 6. 19)

ISBN 979-11-6801-193-9 03810